FRED VO

Das S

HÖRSPIEL

MIT EINEM NACHWORT VON
HEINZ SCHWITZKE

PHILIPP RECLAM JUN. STUTTGART

Universal-Bibliothek Nr. 8762

Aufführungsrechte beim Autor. Gesetzt in Borgis Garamond-Antiqua. Printed in Germany 1976. Herstellung: Reclam Stuttgart
ISBN 3-15-008762-7

DIE STIMMEN

Grove, *Kapitän der Esperanza*
Axel Grove
Bengtsen, *Erster Steuermann*
Krucha, *Maat*
Podbiak
Matrosen
Megerlin
Edna
Der Wirt Sorriso
Ein Mann im Heuerbüro
Ein Mann im Boot

Vom Süddeutschen Rundfunk Stuttgart gesendet am 25. März und 31. Mai 1953 unter der Regie von Oskar Nitschke.

Vom Nordwestdeutschen Rundfunk Hamburg gesendet am 26. März und 8. September 1953 unter der Regie von Otto Kurth.

(Zimmer. Eine Schreibmaschine tickt. Von draußen gelegentlich das Tuten der Hafenschlepper.)

Mann. Name?

Axel. Axel Grove.

Mann. Alter?

Axel. Dreiundzwanzig.

Mann. Sie suchen eine Heuer als –?

Axel. Leichtmatrose.

Mann *(blättert)*. Sie sind auch als Heizer gefahren?

Axel. Ja. Auf der Batavia.

Mann. Wenn Sie drei Wochen warten –

Axel. Das ist lange.

Mann. ... könnten Sie auf die Aurora gehen. Belgisches Schiff. Liegt gerade auf Dock. Als Heizer –

Axel. Drei Wochen ...

Mann. ... oder eigentlich als Aschenmann. Ich würde Ihnen raten, auf die Aurora zu warten. Sonst ist da nämlich nichts für Sie. Allenfalls die Esperanza.

Axel. Spanien?

Mann. Panama.

Axel. O je!

Mann. Dafür geht die heute nacht in See. Stückgut nach Wilmington, USA. Sucht einen Leichtmatrosen. Sofort.

Axel. Das ist mein Schiff. Panama? Egal!

Mann. Hier unterschreiben. Aber an Ihrer Stelle würde ich –

Axel. Geben Sie her!

(Federkratzen.)

Mann. ... würde ich auf die Aurora warten.

Axel *(liest).* Esperanza ... Kapitän Grove ... Was? *(Liest nochmals.)* Kapitän Grove. Das ist mein Name ...

Mann. Kennen Sie Kapitän Grove? Ein Verwandter von Ihnen?

Axel *(aufgeschreckt).* Was sagen Sie?

Mann. Ob Sie mit dem Kapitän verwandt sind?

Axel. Wahrscheinlich nicht. Ich weiß nicht. Aber möglich ... möglich wäre es schon. Es gab einen Korvettenkapitän Grove. Das war mein Vater. Ich habe seit dreizehn Jahren nichts von ihm gehört. Erst kam der Krieg. Dann ging alles bei uns kaputt. Dreizehn Jahre ... Ich habe immer gedacht, er lebt nicht mehr.

Mann. Es gibt viele Leute, die Grove heißen.

Axel. Aber merkwürdig ist es schon.

Mann. Übrigens, was ich vorhin von der Esperanza gesagt habe –

Axel. Ja, was sagten Sie doch?

Mann. Nichts. Jedenfalls nichts Nachteiliges. Ein altes Schiff, sehr alt sogar, und etwas verbaut. Sie hat schon einen krummen Rücken bekommen ... Wissen Sie ... wenn über so ein Schiff die Jahre hinübergestrichen sind und die Stürme ... Das ist wie bei einer Katze, die macht auch einen krummen Buckel, wenn man ihr über den Rücken streicht ... Bei einem Schiff sieht das vielleicht etwas komisch aus, zugegeben, aber –

Axel. Wenn es wirklich mein Vater ist, der die Esperanza fährt – dann ist sie ein prima Schiff.

Mann. Natürlich.

Axel. Ich gehe gleich hin. Dann werde ich ja sehen –

Mann. Die Esperanza ladet noch. Der Kapitän ist

nicht an Bord. Es genügt, wenn Sie abends hingehen.

Axel. Gut. Am Abend also. Dann werd ich vorher noch irgendwo was essen.

(Akustikwechsel. Elektrisches Klavier. Es wird mit einer Münze auf den Teller gepocht.)

Axel. Zahlen!

(Elektrisches Klavier verstummt.)

Sorriso. Bitte, der Herr?

Axel. Ich möchte zahlen.

Sorriso. Sofort. Eine Suppe – einmal Bouletten – bitte sehr. – Danke sehr. Was ich noch sagen wollte ... Wenn Sie jeden Tag bei mir essen würden, wäre es billiger. Im Abonnement –

Axel. Ich bleibe nicht länger. Morgen früh bin ich auf See.

Sorriso. Ja dann ...

Axel. Ich habe endlich eine Heuer. Auf der Esperanza. Und morgen bin ich längst –

Sorriso. Wie sagten Sie? Was für ein Schiff?

Axel. Esperanza.

Sorriso *(gleichmütig)*. Nun, dann gute Reise.

Axel. Kennen Sie das Schiff?

Sorriso. Wieso? Nein. Nie gehört. Und die fährt also heute nacht?

Axel. Oder kennen Sie zufällig den Kapitän? Grove heißt er.

Sorriso. Nein. Auch nicht. Kapitäne kommen nicht zu mir. Matrosen kommen. Aber auch meist erst gegen Abend. Dann ist bei mir Betrieb. Aber dann sind Sie schon fort, was? Heute nacht, sagten Sie?

Axel. Heute nacht, ja.

(Ein dumpfes Klopfen.)

Sorriso. Gute Reise, nochmals.

Axel. Irgendwo klopft es hier ... Scheint von oben zu kommen ...

Sorriso. Ein Gast will seinen Kaffee ... *(Elektrisches Klavier übertönt Sorrisos Worte.)* Gute Reise ... Und wenn Sie wieder mal hier sind ...

(Elektrisches Klavier leiser. Entfernt. Eine Tür wird geöffnet.)

Sorriso. He, Sie, Herr ...

Megerlin. O Gott ... ! Was ist ... ?

Sorriso. Ich hab's Ihnen doch gesagt: Sie dürfen nicht so klopfen.

Megerlin. Ich will die Zeitung.

Sorriso. Wozu? Es steht längst nichts mehr drin über Ihre Sache.

Megerlin. Was wissen Sie von meiner Sache?

Sorriso. Nichts. Nur, daß es eine ganz kleine, gewöhnliche Sache gewesen ist. Wäre es nämlich eine große Sache gewesen, würde ich es wissen.

Megerlin. Sie können mir trotzdem die Zeitung bringen. Zehn Tage lang habe ich nichts anderes gemacht, als daß ich in diesem Zimmer auf und ab gegangen bin und die braunen Butterblumen an der Tapete gezählt habe. Oder sagt man hier Löwenzahn?

Sorriso. Ich habe was für Sie. Eben erfahren.

Megerlin. Was?

Sorriso. Heute nacht fährt Ihr Schiff.

Megerlin. Bestimmt?

Sorriso. So gegen zehn führe ich Sie zur alten

Mole. Da sind noch ein paar andere. Von dort werden Sie dann aufs Schiff gebracht.

Megerlin. Was für ein Schiff?

Sorriso. Sie steigen nachts an Bord. Sie bleiben vierzehn Tage unter Deck. Sie werden nachts an Land gebracht. Dazu brauchen Sie nicht zu wissen, wie das Schiff heißt.

Megerlin. Alles nachts. Alles im Dunkeln.

Sorriso. Das ist nun mal so. Und wenn Sie angekommen sind, dann schicken Sie mir bitte eine Ansichtskarte von der Freiheitsstatue. Aber Sie werden es vergessen.

Megerlin. Wenn Ihnen daran gelegen ist? Warum soll ich es vergessen?

Sorriso. Ich hab schon mehreren zur Überfahrt verholfen. Alle haben mir versprochen zu schreiben. Aber wenn sie erst drüben sind, denken sie nicht mehr daran. Nicht einer!

(Akustikwechsel. Starker Hafenlärm. Rasseln von Kränen, Pfeifen der Schlepper, Quietschen der Blöcke. Rasseln ganz nah. Poltern.)

Bengtsen. Könnt ihr nicht aufpassen! Das sind Weinfässer, keine Ziegelsteine!

(Rasseln und Quietschen. Stimmen.)

(Ruft.) Halt, halt, halt! Was wollen Sie?

Axel. Ist das die Esperanza?

Bengtsen. Können Sie nicht lesen? Steht ja da. Was wollen Sie?

Axel. Ist Kapitän Grove an Bord?

Bengtsen. Nein.

Axel. Wann wird er kommen?

Bengtsen. Kurz bevor wir loswerfen.

Axel. Wann wird das sein?

Bengtsen. Wollen Sie hier was abgeben, oder –

Axel. Ich habe für die Esperanza angemustert.

Bengtsen. Was, Sie?

Axel. Das Heuerbüro schickt mich.

Bengtsen. Ach so, warum sagen Sie das nicht gleich. Kommen Sie rauf. Woher?

Axel. Aus dem Krankenhaus. Ich hatte einen gebrochenen Arm.

Bengtsen. Aber jetzt sind Sie gesund?

Axel. Ja.

Bengtsen. Abgemustert von –?

Axel. Vom holländischen Tanker Petra.

Bengtsen. Leichtmatrose?

Axel. Ja.

Bengtsen. Also, gehen Sie nach vorn ins Quartier. Der Maat sagt Ihnen alles Weitere.

Axel. Herr –

Bengtsen. Ich bin Bengtsen, der Erste Steuermann.

Axel. Herr Bengtsen, ich wollte Sie nur noch etwas fragen. Die Esperanza fährt doch unter Kapitän Grove?

Bengtsen. Was haben Sie immer mit dem Kapitän? Ich sagte Ihnen schon, der Kapitän ist nicht an Bord.

Axel. Ich heiße Axel Grove.

Bengtsen. Sind Sie verwandt mit dem Kapitän?

Axel. Möglicherweise ... es könnte sein. Ich habe meinen Vater seit dreizehn Jahren nicht gesehen. Er war damals Marineoffizier.

Bengtsen. Ihren Vater, sagen Sie?

Axel. Ja.

Bengtsen. Das kann nicht stimmen. Kapitän Grove hat überhaupt keine Angehörigen.

A x e l. Wissen Sie das genau?

B e n g t s e n. Ganz genau. Und jetzt gehen Sie und fragen Sie nach dem Maat Krucha. Oder – Moment mal –

A x e l. Ja, bitte?

B e n g t s e n. Dann sind Sie also nur deswegen zu uns gekommen, weil der Kapitän der Esperanza Grove heißt?

A x e l. Ich las den Namen auf dem Schein.

B e n g t s e n. Sonst hätten Sie auf einem anderen Schiff angeheuert?

A x e l. Auf der Aurora vielleicht – die liegt aber noch drei Wochen auf Dock.

B e n g t s e n. Und jetzt, wo Sie wissen, daß der Kapitän nichts mit Ihnen zu tun hat, da haben Sie ja eigentlich keinen Grund, gerade auf der Esperanza zu bleiben. Wenn ich Ihnen einen Abschlag zahle, für die drei Wochen, können Sie auf die Aurora warten, was? Dann – *(Ein starkes Rasseln übertönt die letzten Worte.)*

A x e l. Ich habe nicht verstanden, Herr Bengtsen, was sagten Sie eben?

B e n g t s e n. Nichts Besonderes. Ist ja auch Unsinn. Sie können bleiben. Und wenn Sie morgen den Kapitän gesehen haben, dann werden Sie sich selbst überzeugen. Sie haben sich unnütze Hoffnungen gemacht. Krucha!

K r u c h a *(entfernt).* Herr Bengtsen?

B e n g t s e n. Nehmen Sie den Neuen mit nach vorn. *(Murmelt.)* Denkt sich das so ... Groves gibt es Tausende. Muß ja ein Unsinn sein. Der hat doch gar keinen Sohn ...

(Rasseln, dann Schritte.)

Axel. Wann kommt der Kapitän an Bord?
Krucha. Überhaupt nicht.
Axel. Was heißt das?
Krucha. Der kann nicht an Bord kommen, weil er an Bord *ist.*
Axel. Aber der Erste sagte vorhin –
Krucha. Und zwar stinkbesoffen. Seit Mittag.
Axel. Was?
Krucha. Jawohl. Stinkbesoffen. Das ist immer so. Wenn wir hier abfahren, trinkt er bis zum nächsten Morgen.
Axel. Kapitän Grove?
Krucha. Jawohl. Der Kapitän. Dann muß ihn der Erste immer vertreten.
Axel. Na ja, dann also morgen. Die eine Nacht werde ich wohl noch warten können. Um zu sehen, daß er es gar nicht ist.
Krucha. Vor der Abfahrt säuft er nämlich immer, der alte Deibel.

(Akustikwechsel. Schritte hin und her.)

Grove *(flüstert den Text eines albernen Liedes).*
Es schwimmt eine schwarze Kiste
Im Abendsonnenschein – hohee –
Es schwimmt eine schwarze Kiste
Auf der rollenden, rollenden See.
Auf der rollenden
(Klopfen.)
... rollenden ...
(Tür wird geöffnet.)
Bengtsen. Herr Kapitän –
Grove. Wie stehen Sie da? Melden!

Bengtsen. Die Esperanza ist kein Torpedoboot, Herr Kapitän, und wir haben keinen Krieg mehr.

Grove. Scheint so. Leider. Ist gut, daß Sie kommen, Bengtsen, wir gehen morgen auf Dock, da wird der ganze Dreck von der Esperanza heruntergekratzt, bis aufs blanke Eisen.

Bengtsen. O Gott, Kapitän, wir werfen gleich los.

Grove. Bis aufs blanke Eisen. Und dann wird sie schneeweiß gestrichen, wie ein Bananenschiff, wie eine Braut, das unschuldigste Weiß, das es gibt.

Bengtsen. Herr Kapitän, da ist eben der neue Leichtmatrose an Bord gekommen –

Grove. Stören Sie mich nicht, Bengtsen. Bis morgen mittag darf mich keiner stören. Nicht zu sprechen.

Bengtsen. Er heißt Axel Grove, er sagt, daß er vielleicht –

Grove. Schneeweiß, wie wird das aussehen? Wenn schon Zivil, dann auch ganz üppig – – *wie* sagten Sie?

Bengtsen. Axel Grove, der neue Leichtmatrose.

Grove. Leichtmatrose ... ! Axelchen ist ein zehnjähriger Junge, aber kein Leichtmatrose ... Komische Ideen haben Sie, Bengtsen ... Außerdem werde ich jetzt schlafen. Und du, Axelchen, geh mal weg, du hast hier nichts zu suchen ... Auf der rollenden ... rollenden See ...

Bengtsen. Hol's die Pest ... er scheint wirklich einen Sohn zu haben.

Grove. Verschwinde ... Steh hier nicht unnütz herum. Im Abendsonnenschein. Und Sie, Bengtsen, wie gesagt, schneeweiß ... Und das übrige, *(drohend)* das erledigen Sie, verstanden, das geht mich nichts an, ich schlafe jetzt.

(Akustikwechsel. Rauschen. Leises Arbeiten der Maschinen. Ein Mann summt vor sich hin. Unterbricht das Summen.)

Matrose. He, Neuer. Vorhin auf deiner Koje ... da hast du dich immerzu drauf herumgedreht – und mir fällt jedesmal der Dreck aus deiner Matratze ins Gesicht.

Axel. Das hab ich nicht gewußt.

Matrose. Ich wollte es dir nur sagen.

Axel. Ich konnte nicht schlafen.

Matrose. Das muß man immer können.

Axel. Und dann ist mitten in der Nacht noch jemand an Bord gekommen. Das Schiff stoppte, und das Fallreep ging herunter.

Matrose. Man muß immer schlafen können.

Axel. Wer mag das gewesen sein? Der Lotse war schon vorher von Bord gegangen. Aber diesmal waren das Schritte, eine Menge Schritte, mindestens zehn Mann oder so. Es hatte offenbar nur auf diese Leute gewartet. Wer ist das gewesen?

Matrose. Du kannst ja ein Zeitungspapier nehmen.

Axel. Was kann ich?

Matrose. Und das Zeitungspapier unter die Matratze legen. Damit sie nicht streut.

Axel. Ja ... das kann ich natürlich, aber –

(Der Matrose summt wieder vor sich hin. Das Meer rauscht stärker.)

Matrose *(unterbricht das Summen und sagt vor sich hin).* In wieviel Tagen wird er's schaffen bis Wilmington ... ? Wenn wir keinen Maschinenschaden haben – aber wir haben manchmal Maschinenschaden ... – dann wird er es, denk ich, in zwölf Tagen schaffen ...

(Ausblenden. Akustikwechsel. Tief unten im Schiff. Hall. Ein unaufhörliches leises Dröhnen.)

Megerlin *(seufzt schwer).*

Edna. Was fehlt Ihnen denn?

Megerlin. Ich habe Kopfschmerzen. Außerdem fürchte ich mich. Wo sind wir jetzt? Sind wir schon auf dem offenen Meere?

Edna. Sie sollten versuchen zu schlafen.

Megerlin. Schlafen! Hier! Ich bin im Hotelzimmer hin und her gegangen wie eine Ratte im Käfig. Ich habe die Butterblumen auf der Tapete gezählt, ich habe gewartet und gewartet, wann kann ich denn endlich aufs Schiff, dachte ich. Aber jetzt! Warum müssen wir hier unten sitzen? Zwischen eisernen Wänden? Mit nichts, kaum einer Lampe, und ein paar Kisten, wir können doch nicht wochenlang hier herumsitzen, was ist das für ein Schiff?

Edna. Irgendwann werden wir ja ankommen.

Megerlin. Ja, Fräulein, das werden wir. Und dann? Ich kann nur sehr wenig Englisch. Und alles ist drüben ganz anders als bei uns, hat man mir gesagt. Und man darf nur nicht auffallen! Eine bestimmte Zeit tragen alle Leute Strohhüte, und eine bestimmte Zeit tragen sie Filzhüte, alle immer die gleichen. Wenn man anders aussieht, fällt man sofort auf. Und die Eisenbahnzüge haben Namen. Und die Autobusse sollen tagelang, tagelang unterwegs sein. Wie werde ich mich da zurechtfinden?

Edna. Wer hat Ihnen das alles erzählt? Mein Vater?

Megerlin. Ist das Ihr Vater? Der Herr da hinten, die sitzen unter der Lampe und spielen Karten.

(Stimmen der Kartenspieler. Gedämpft. „Drei Asse“, „ . . . Full Hand . . .“)

Edna. Mein Stiefvater. Ich würde Ihnen übrigens raten, nicht mitzuspielen.

Megerlin. Ich spiele nie Karten. Aber ich möchte wissen . . .

Edna. Was möchten Sie wissen?

Megerlin. Wie es oben ist . . . Wie das Meer aussieht . . .

Edna. Versuchen Sie zu schlafen!

Megerlin. Aber man hat uns hier eingeschlossen . . . Warum? Warum? . . .

(Ausblenden, Akustikwechsel. Wind. Rauschen. Schrei einer Möwe. Schiffsglocke zwei Schläge, langsam einblenden.)

Grove. Hast du mich überhaupt gleich erkannt?

Axel. Wie soll ich sagen –?

Grove. Ich habe dich gleich erkannt. *(Lacht.)* Axelchen . . .

Axel. Du warst viel jünger damals. Und die Uniform. Großartig sahst du aus. Ich hatte immer ein bißchen Angst vor dir.

Grove. Na ja. Jetzt brauchst du keine Angst mehr zu haben.

Axel. Wann haben wir uns zum letztenmal gesehen? Anfang des Krieges muß es gewesen sein. Aber ich erinnere mich nicht daran.

Grove. Ja, damals kam ich ganz kurz nach Hause.

Axel. Aber an das vorletzte Mal erinnere ich mich sehr genau. Wie ich den ganzen Sommer lang auf dich wartete, bis es Herbst wurde. In unserem Garten.

Grove. Wann war das?

Axel. Das war der Sommer 37. Am Anfang roch der Garten nach Jasmin, dann nach Reseda und dann nur noch nach Regen und Astern, so ein bitterer Geruch.

Grove. Im Sommer 37 bin ich gar nicht nach Hause gekommen.

Axel. Richtig. Wir erwarteten dich vergeblich. Du kamst gar nicht. Du hattest plötzlich eine weite Reise machen müssen, du warst ins Ausland abkommandiert oder so ...

Grove. Ja. Und jetzt? Unser altes Land ist tot. Unser Leben ist eine Wüste geworden. Aber wir haben uns doch getroffen, mitten in dieser Wüste. Das ist ein Wunder. Du siehst meinen Namen in irgendeinem fremden Hafen, in irgendeinem Heuerbüro ...

Axel. Ich dachte vorher, das würde meine letzte Heuer sein. Es ist kein rechter Beruf für mich.

Grove. Unsinn. Warum?

Axel. Ich habe nichts gelernt. Die Steuermannsprüfung kann ich niemals machen, und immer Matrose bleiben, und dann vielleicht einmal Obermaat –

Grove. Das kommt jetzt ganz anders. Du mußt anfangen zu lernen. Mir geht es nämlich gut. Ich habe einen Anteil an diesem Schiff, und Geld ist auch da.

Axel. Ich weiß nicht ... Ich bin eigentlich nur deshalb Seemann geworden, weil mir das irgendwie großartig vorkam. Ich dachte wohl auch an dich dabei. Aber ich sollte mich lieber irgendwo einrichten, ein kleines Geschäft oder so ...

Grove. Du bist ja verrückt! Kleines Geschäft! Willst du Zigarren verkaufen, zu einem Cent das Stück? Oder wie dachtest du dir das?

Axel. Warum nicht Zigarren?

Grove *(etwas ärgerlich).* Du bist als Junge eben auch schon ein bißchen ... bißchen zu bescheiden gewesen ... Ich dachte, das wäre vergangen. Du bist ein starker Kerl, Herrgott, wenn ich noch so jung wäre – das wäre was! Da würde ich nicht so ein Gesicht wie saurer Rahm machen, hast du das nötig?

Axel. Weißt du, es ist mir alles ziemlich gleichgültig.

Grove. Was? Mit dreiundzwanzig Jahren?

Axel. Diese ganze Zeit, seit wir uns nicht mehr gesehen haben ... Krieg und Hunger und immer auf der Flucht und Lager und Hunger vor allem, und das alles ... Mir sagte einmal einer, „hätte ich das gewußt, bevor ich zur Welt kam – ich wäre lieber dringeblieben".

Grove. So ein Schlappschwanz. Nun bist du da, nun sollst du dich auch behaupten, hab mal ein bißchen Mut! Junge! Du wirst sehen, von jetzt an wird das alles ganz anders.

Axel. Ja ... vielleicht ...

Grove. Es gefällt mir nicht besonders, daß du mit der Mannschaft zusammen wohnst und ißt und so ...

Axel. Ich bin ganz gewöhnlicher Matrose.

Grove. Ja. Und das will ich auch nicht ändern. Nur brauchst du dich mit diesen Leuten nicht zu sehr einzulassen. Offen gesagt, wir haben eine ziemlich üble Bagage an Bord. So was wie dieser Podbiak zum Beispiel oder der Maat Krucha, und die andern sind auch nicht besser – also, da halte dich ein bißchen abseits, ja? Du hast deinen Dienst – und wenn du frei bist, kannst du jederzeit herkommen.

Axel. Wenn du gerade vom Dienst sprichst ... ich muß eigentlich zum Deckschrubben.

Grove. Mußt du? Ja, gut. Geh. Ich werde dich nicht abhalten. Und du brauchst auch nicht so zu tun, als wäre das keine Arbeit für dich.

Axel. Ich geh schon.

Grove. Wart mal einen Augenblick. Komm her. Großartig, sagtest du vorhin, als du über mich sprachst, wie ich damals gewesen bin. Nun – die Esperanza ist ein altes Dreckschiff, ein langsamer, schäbiger Kasten, kaum so groß, daß er über den Atlantik schwimmt. Und das kommt dir nun wahrscheinlich gar nicht mehr großartig vor?

Axel. Das hab ich nicht gesagt.

Grove. Aber gedacht. Und ganz unrecht hast du nicht einmal. Ich bin früher etwas ganz anderes gewesen, und wenn du mich jetzt so siehst, nicht wahr, alt bin ich auch geworden, da ist kein besonderer Glanz mehr zu bemerken ...

Axel. Weißt du – diese Großartigkeit, die mochte ich eigentlich gar nicht besonders gern. *(Mit dem Versuch zu trösten.)* Ich finde das hier ... ganz in Ordnung, ich mag das beinahe mehr als –

Grove. So, das magst du mehr. Du meinst, jetzt ist kein besonders großer Unterschied mehr zwischen dir und mir, und das gefällt dir. Ja, so ist das natürlich auch nicht! Ich bin immer noch, der ich bin, und wenn hier jemand ein Wörtchen zu reden hat, dann bin ich es. So oder so, mit Glanz oder ohne, es kommt darauf an, was man ist. Ein dreckiger alter Kasten, hast du gesagt –

Axel. Das hast du selbst gesagt, nicht ich.

Grove. Unsinn. Ich werde mein Schiff nicht einen dreckigen alten Kasten nennen. Denn die Esperanza ist, zum Teil wenigstens, mein eigenes Schiff. Ich mache hier, was ich will, und es geht mir gut dabei. Und die Einnahmen, sagte ich schon, sind mehr als gut. Glänzend. Siehst du – es kommt nicht auf die unscheinbare Außenseite an, es kommt darauf an, was dahintersteckt.

Axel. Ja.

Grove. So. Und jetzt geh.

Axel. Ja.

(Akustikwechsel, leises Dröhnen der Schiffsmaschinen. Enger Raum. Schnarchen.)

Podbiak *(murmelt ängstlich)*. ... laß mich in Ruh ... laß mich in Ruh ...

Krucha. Sei still, Podbiak.

Podbiak. Sieben auf einen ...! Sieben, alle auf einen! Nicht – nicht – nicht – nicht –

Krucha. Wirst du ruhig sein, Podbiak, dummer Kerl ...

Podbiak *(schreit)*. Aaaa –!

Krucha. Wach auf!

Podbiak *(halbwach, schnell)*. Was ist, was ist ... Krucha, du? Ach so.

Krucha. Du hast geträumt.

Podbiak. Kann mich nicht erinnern. Geträumt ... kann sein.

Krucha. Laut geschrien hast du.

Podbiak. So? Was hab ich gesagt?

Krucha. Nichts Besonderes. Nur so ... Du wirst schon wissen.

Podbiak. Nein. Ich weiß gar nichts.

Krucha. Die anderen haben nichts gehört. Die schlafen.

Podbiak. Dann ist gut.

Krucha. Aber ich habe gehört. Du hast alles erzählt im Schlaf.

Podbiak *(erschrocken)*. Ist nicht wahr!

Krucha *(lügt)*. So wahr ich lebe! Alles.

Podbiak. Ich habe durcheinandergeredet, oder –? Hab ich von den Leuten gesprochen, den fünf?

Krucha *(pfiffig)*. Ja. Von den fünf.

Podbiak. Diesmal sind es sieben.

Krucha *(nachdenkend)*. Das sind die ... die sieben Leute, die du an Bord gebracht hast. Und die du dann nachts wieder wegbringst.

Podbiak. Voriges Mal waren es fünf.

Krucha. In der Barkasse, nachts, ja?

Podbiak. Ja.

Krucha. Mir kannst du alles genau erzählen, ich sag's niemand. Wieviel bekommst du jedesmal?

Podbiak. Fünfzig Dollar.

Krucha *(pfeift)*.

Podbiak. Aber ich bin zu alt für so was. Das habe ich gleich gesagt, ich bin zu alt, aber der Bengtsen, der will nicht auf mich hören. Mach das, du bist der Beste für so was. Immer ich.

Krucha. Hast du Angst?

Podbiak. Was glaubst du? Fünf Kerle, alle jünger und kräftiger als ich.

Krucha. Hast du Angst, daß die Grenzwache dich erwischt?

Podbiak. Nein.

Krucha. Wenn du sie an Land bringst.

Podbiak. Nein.

Krucha. Oder bringst du sie vielleicht gar nicht an Land?

Podbiak. Nein.

Krucha. Ja, aber wie denn?

Podbiak. Laß mich, ich will schlafen.

Krucha. Also, du bringst sie gar nicht an Land.

Podbiak. Kann man doch gar nicht. Ist doch alles bewacht.

Krucha. Was machst du denn mit ihnen?

Podbiak. Also ganz einfach. Das Schiff hält. Die Lichter sind aus. Die steigen zu mir in die Barkasse, neulich waren es fünf. Ich sage: „ . . . jetzt sind wir gleich angekommen in Amerika“, und fahre sie eine Weile. Dann sag ich: „Jetzt sind nur noch zehn Meter bis zum Strand, das letzte Stückchen müßt ihr schwimmen, weiter fahr ich nicht.“ Und die sind so gierig, an Land zu kommen, die lassen sich alle fünf ins Wasser und schwimmen los. Und ich fahre zurück, mit der Barkasse, zur Esperanza. Und die schwimmen zehn Meter, und zwanzig, und schwimmen und schwimmen . . . Die merken erst viel später, daß sie mitten auf hoher See sind und überhaupt kein Strand weit und breit. Wie lange kann man so schwimmen? Außerdem in Kleidern?

Krucha. So macht ihr das also. Und wovor hast du Angst?

Podbiak. Junge starke Kerle. Wenn ich sage, letztes Stück könnt ihr gefälligst schwimmen, dann haben die vielleicht keine Lust? Die können mich einfach nehmen und ins Wasser schmeißen und selber weiterfahren mit der Barkasse. Ich bin zu alt für so was. Verstehst du?

Krucha. Und mit wem machst du das aus? Bengtsen?

Podbiak. Ja.

Krucha. Fünfzig Dollar? Von Bengtsen?

Podbiak. Ja. Aber lieber würde ich es *nicht* machen. Ich bin zu alt.

Krucha. Schlaf jetzt.

Podbiak. Aber du wirst niemand sagen ... daß ich darüber geredet hab ...

Krucha. Sei still. Stör mich nicht. Ich muß nachdenken.

(Akustikwechsel, unten, das unaufhörliche Dröhnen. Die Stimmen der Kartenspieler.)

Megerlin. Ich weiß nicht ... ist es jetzt Tag oder Nacht?

Edna. Ich glaube, Nacht.

Megerlin. Hören Sie die anderen ... die haben es gut, die wissen ganz genau, was sie wollen und wohin sie wollen. Aber ich ... – mir kommt es vor, als hätte ich in einem bestimmten Augenblick angefangen zu träumen, und ich träume immer weiter, der Traum schwimmt mit mir davon, sozusagen ... wie komme ich hierher? was will ich anderswo? Ich fürchte mich vor nichts so sehr als vor dem Tage der Ankunft ...

Edna. Wenn wir erst draußen sind ... im Freien ...

Megerlin. Ja, dann fängt es erst richtig an ... ich bin nicht daran gewöhnt, irgendwelche Entscheidungen zu treffen ... Ich habe getan, was ich mußte ... ich war ein Angestellter, ein treuer Angestellter, kann ich wohl sagen ... Und alle hielten das für ganz selbstverständlich. Ich glaube, das war es in erster Linie, was mich so ärgerte. Ein ganz gewöhnlicher, ziemlich dummer Mensch, und daher treu. „Ein Kassierer muß dumm sein", sagte der Direktor einmal. Er wußte nicht, daß ich es hörte. Aber was hat es für einen Sinn, treu zu sein, wenn das lediglich eine Folge der Dummheit wäre? Viele Tausender gingen täglich durch meine Hände. Aber meine Haare fingen an, grau zu werden, ich werde bald sterben, und ich habe ein Leben lang nichts erlebt. Überhaupt gar nichts. Sonntags ein Glas Wein.

Edna. Ich finde es gar nicht so schlimm, arm zu sein.

Megerlin. Das war es auch gar nicht ... Ich glaube, Sie können das nicht verstehen, Sie sind zu jung. Aber ich muß etwas tun, jetzt zum Beispiel muß ich etwas tun ... Mit anderen an einem Tisch sitzen, und wenn es auch nur eine Kiste ist ...

Edna. Die spielen doch. Seit drei Tagen spielen sie ...

Megerlin. Meine Herren ...

(Stimmen hören auf.)

Dürfte ich mir die Anfrage gestatten, ob ich an einem Spielchen ...

Edna *(leise)*. Seien Sie nicht verrückt ...

Megerlin. An einem Spielchen teilnehmen dürfte?

(Gelächter, ausblenden.)

(Akustikwechsel. Im Freien, Wind leise, gleichmäßig das Meer.)

Bengtsen. Was wollen Sie denn, Krucha?

Krucha. Eigentlich wollte ich zu Ihnen ...

Bengtsen. Was gibt's?

Krucha. Aber wir können vielleicht auch ein andermal ...

Bengtsen. Was ist das für ein Getue? Reden Sie oder reden Sie nicht. Nur halten Sie mich nicht unnütz auf.

Krucha. Gewiß nicht, Herr Bengtsen ...

Bengtsen. Also?

Krucha. Da ist nämlich ein Landsmann von mir, Podbiak heißt er. So ein älterer Mann ist das.

Bengtsen. Ich weiß. Der Podbiak.

Krucha. Ein Landsmann von mir, nachts spricht er vor sich hin, halb im Schlaf – aber das versteht keiner, das ist in unserer Heimatsprache. Nur ich muß immer zuhören.

Bengtsen. Ja und?

Krucha. Dann sprech ich auch so mit ihm ... wenn er wach ist ... Und es sind diesmal wieder einige an Bord genommen worden, sagte er. Die sitzen unten im Laderaum.

Bengtsen. Hören Sie mal, Krucha. Sie sind lange genug auf diesem Schiff, um zu wissen, was Sie angeht und was Sie nichts angeht.

Krucha. Natürlich, Herr Bengtsen, es geht mich nichts an. Das meine ich auch gar nicht. Ich meine nur – ich wollte nur sagen, ich weiß jetzt *alles.*

Bengtsen. Was wissen Sie?

Krucha. Alles.

Bengtsen. Es interessiert mich nicht, was Sie wissen, Krucha. Außerdem: Sie haben in diesem Augenblick bereits vergessen, was Sie vorhin zu wissen glaubten. Verstanden?

Krucha. Alles. Alles.

Bengtsen. Krucha, jetzt hören Sie aber auf.

Krucha. Herr Bengtsen ... nein, gehen Sie bitte nicht weg, Herr Bengtsen ... Bitte, hören Sie mich an. Der Podbiak nämlich ...

Bengtsen. Diesen Podbiak werde ich mir auch noch vorknöpfen. So was.

Krucha. Er ist alt, der Podbiak. Er bringt's nicht mehr fertig, die Leute verschwinden zu lassen ...

Bengtsen. Ich habe Sie so lange angehört, jetzt möchte ich wissen, was Sie eigentlich wollen.

Krucha. Ich will bloß –

Bengtsen. Sie wollen wahrscheinlich Geld. Sie denken, jetzt wissen Sie was, und jetzt können Sie Geld dafür bekommen. Soll das eine Drohung sein?

Krucha. Nein, Herr Bengtsen. Natürlich, jeder will Geld. Aber ich will kein Geld für nichts.

Bengtsen. Sie wollen mich doch erpressen, nicht wahr?

Krucha. Aber nein, Herr Bengtsen! Das nicht!

Bengtsen. Dann weiß ich nicht, was Sie wollen.

Krucha. Sehen Sie, Herr Bengtsen, der Podbiak ist alt, er hat einfach Angst vor den Leuten in der Barkasse, wenn er mit ihnen allein ist.

Bengtsen. Ist das Ihre Sache? Wenn er Angst hat?

Krucha. Ich habe gedacht, ob Sie das Geschäft nicht lieber *mir* überlassen wollen? Für fünfzig Dollar? Der Podbiak hat nichts dagegen, wenn ich es statt seiner übernehme.

Bengtsen. Das haben Sie also gemeint.

Krucha. Ja, genau das. Der Podbiak ist über fünfzig. Und ich bin erst dreißig.

Bengtsen. Sie sind tatsächlich ein noch größeres Schwein, als ich gedacht habe.

Krucha. Ach, Herr Bengtsen, ich ärgere mich nur, wenn ein anderer Geld verdient, das ebensogut ich selber verdienen könnte. Das würde jeden ärgern.

Bengtsen. Ich werd es mir überlegen. Ich werde es mit dem Kapitän besprechen.

Krucha. Jawohl, Herr Bengtsen, danke. Und es hat ja noch Zeit. Die sitzen ja noch eine Woche lang unten im Laderaum.

(Akustikwechsel. Anderer Raum, Schiffsglocke zweimal, ohne das Dröhnen.)

Grove. Bengtsen – kommen Sie mal ein bißchen rein zu mir.

Bengtsen. Donnerwetter, Kapitän! – Wie machen Sie das?

Grove. Was mache ich wie?

Bengtsen. Daß Sie hier an Bord so ein blütenweißes Hemd haben? Mit gestärktem Kragen? Wer hat Ihnen das gewaschen?

Grove. Ich fand noch ein paar Stück im Spind. Man kann nicht immer dasselbe Hemd anziehen.

Bengtsen. Es macht Sie richtig jugendlich. Oder kommt das, weil Sie sich rasiert haben? Und der Rock sieht auch so sonderbar aus ...

Grove. Ich hab ihn gebürstet.

Bengtsen. Richtig jugendlich.

Grove. Soso. Jugendlich ... Na ja. Ich bin ja auch nicht wer weiß wie alt. Man verschlampt nur auf so einem Schiff.

Bengtsen. Die Besatzung und die Esperanza – bisher paßten sie ganz gut zusammen.

Grove. Wissen Sie, Bengtsen, das ganze Schiff sieht aus, als wären die Motten drin. Ich werde der Gesellschaft das nächste Mal erklären, daß die Esperanza mal gründlich überholt werden muß. Aber gründlich!

Bengtsen. Das kostet mehr, als sie jemals einbringen wird, Kapitän. Das lohnt nicht mehr.

Grove. Ich will aber mein Schiff in Ordnung haben. Ich habe die Schlamperei satt. Und der Unrat im untersten Teil des Laderaums – der gehört auch dazu.

Bengtsen. Dieser Unrat hat sich ganz gut rentiert, bisher ...

Grove. Ich bin kein Müllkutscher, daß ich so was an Bord nehme.

Bengtsen. Schlamperei ...

Grove. Jawohl! Schlamperei! Wenn wir uns jedesmal vorgenommen haben, diese Leute hinzubringen, wo sie hin wollen – und dann ist gerade zuviel Mond, oder zuwenig Zeit, oder die ganze Küste ist voller Patrouillenboote – so daß wir den Unrat eben einfach ins Meer geschüttet haben – das kam auch von dieser Schlamperei. Allmählich habe ich genug davon.

Bengtsen. Ich dachte mir gleich, daß Ihr Sohn den Betrieb hier stören würde.

Grove. Ach was! Der hat damit gar nichts zu tun. Ich wäre auch allein daraufgekommen.

Bengtsen. Sagen Sie es ihm doch einfach.

Grove. Was soll ich ihm sagen?

Bengtsen. Erklären Sie ihm den Betrieb. Dumm scheint er ja nicht zu sein.

Grove. Nenee, das will ich nicht. Wenn ich ihm auch nur so viel sagte, daß wir gelegentlich ein paar illegale Passagiere mitnehmen ... was würde er da von mir halten?

Bengtsen. Vor mir haben Sie sich niemals geniert, Kapitän.

Grove. Sie und ich – das ist was anderes. Wir sind erwachsene Männer. Aber der Junge ... Der soll gar nicht auf den Gedanken kommen, was man alles machen kann ... Die eigene Kompanie beschwindeln ...

Bengtsen. Die Kompanie verdient an der Fracht mehr als genug, haben Sie sonst immer gesagt, Kapitän.

Grove. Viel, was ich gesagt habe . . .

Bengtsen. Diesmal kommen wieder siebentausend Dollar für Sie allein.

Grove. Ich weiß. Aber wenn mein Junge nur einen Tag früher an Bord gekommen wäre – ich hätte das Gesindel diesmal nicht mitgenommen.

Bengtsen. Die sind nun mal da. Die müssen auch wieder weg.

Grove. Ja. Ich denke daran. Immerzu. Wie sollen wir es diesmal machen?

Bengtsen. So wie immer.

Grove. Nein. Diesmal nicht. Diesmal werden wir die Leute richtig an der Küste absetzen.

Bengtsen. Das gibt bloß eine dolle Knallerei mit der Küstenwache, und Sie verlieren die Barkasse. Nicht so einfach.

Grove. Wir werden Neumond haben, diesmal. Und wir werden es versuchen, diesmal. Ich denke, es wird das letzte Mal sein.

Bengtsen. Sie werden es sich noch überlegen, Kapitän.

Grove. Und wenn sie erst an Land sind, dann haben wir nichts mehr damit zu tun. Sie sind im Dunkeln an Bord gekommen, sie sind die ganze Zeit unten im Laderaum, keiner weiß, wie das Schiff heißt, keiner kennt irgendeinen Namen, sie haben nichts gesehen, sie wissen nichts, sie können uns gar nichts anhängen.

Bengtsen. Oder tun die Ihnen auf einmal leid?

Grove. Keine Spur. Gesindel. Galgenvögel, was weiß ich. Lauter Versager. Wenn die aus der Welt verschwinden, und die gehen sowieso zugrunde, früher oder später, unnütz und überzählig – wenn man die wegtut, dann ist das beinahe eine verdienstvolle Tat . . .

Bengtsen. Sehr verdienstvoll sogar . . . *(Lacht.)* Siebentausend Dollar.

Grove. Ich mein es moralisch. *(Lacht unwillkürlich auch.)* Manchmal komme ich mir vor wie die höhere Gerechtigkeit persönlich.

Bengtsen. Na also!

Grove. Aber, Bengtsen – solange ich allein war, da war das was anderes. Wenn man rasch zu Geld kommen will, steht man immer mit einem Bein im Zuchthaus. Für sich allein kann man das riskieren. Aber jetzt geht es nicht mehr.

Bengtsen. Sie werden es sich noch überlegen, Kapitän.

Grove. Nein. Ich hab's mir gerade überlegt. Und Sie, Bengtsen, tüfteln Sie mal eine günstige Stelle aus. Sie kennen die Küste. Und schicken Sie mir meinen Sohn her, wenn Sie ihn sehen.

(Tür wird geschlossen.)

(Akustikwechsel. Im Freien.)

Bengtsen. Hallo, Grove – kommen Sie mal her.

Axel. Ja, was ist, Herr Bengtsen?

Bengtsen. Wissen Sie – ich kenne Ihren Vater ziemlich lange, und ich habe etwas bemerkt.

Axel. Ich kenne meinen Vater noch ein bißchen länger als Sie, Herr Bengtsen.

Bengtsen. Ja, das ist es eben. Wissen Sie, einerseits ist der Alte ganz froh darüber, daß er Sie hier hat – andererseits stören Sie ihn in seinen Lebensgewohnheiten.

Axel. Wir werden uns beide aneinander gewöhnen.

Bengtsen. Ob das überhaupt möglich ist . . . Der Kapitän hat seine eigene Lebensart, und wenn nun der Sohn immer dabeisteht, das verträgt man nicht so leicht ...

Axel. Hat mein Vater Ihnen etwas darüber gesagt?

Bengtsen. Nicht direkt gesagt ... Aber ich merk's schon. Sehen Sie, nach allem, was der Alte hinter sich hat, ist es ihm im Grunde viel lieber, allein zu sein. Ehemaliger Marineoffizier, mit Schimpf und Schande davongejagt – wenn er übrigens mal darauf zu sprechen kommt, müssen Sie so tun, als ob er damals zu Unrecht im Gefängnis gesessen hätte – obgleich Sie natürlich genausogut wissen wie ich, daß ...

Axel. Das war ... War das im Sommer 37?

Bengtsen. Es war ein ganz gewöhnlicher Diebstahl, er hatte die Schiffskasse bestohlen, warum soll man es beschönigen – na ja, er ist Ihr Vater, Sie werden versuchen, es zu verstehen – aber für ihn ist das unangenehm, wenn der eigene Sohn ihn im Grunde verurteilt ...

Axel. Warum sagen Sie mir das, Herr Bengtsen?

Bengtsen. Damit Sie sich's vielleicht noch überlegen ...

Axel. Sie haben es mir nur gesagt, weil Sie wußten, daß ich keine Ahnung davon hatte. Was ist hier überhaupt los? Was ist das für ein Schiff ... Verfaulte Matratzen, alles voll dunkler Winkel, alles voll Spinnweb ... Zum Ersticken ...

Bengtsen. Hören Sie, Grove ...

Axel. Entschuldigen Sie mich, Herr Bengtsen ... Was wollen Sie mir noch sagen? Ich denke, es reicht ...

Bengtsen. Glauben Sie immer noch, daß Sie sich aneinander gewöhnen werden?

(Akustikwechsel. Schnelle Schritte über eine Eisentreppe hinab. Pochen an eine Eisentür.)

Axel. Wer ist da?

Megerlin *(undeutlich hinter der Tür)*. Bitte ... machen Sie auf ...

Axel. Wer ist da?

Megerlin. Aufmachen, bitte ... Da muß ein Riegel sein, bitte ...

(Riegel wird zurückgeschoben; Tür quietscht.)

Axel. Was machen Sie denn hier? Sie gehören doch nicht zur Besatzung?

Megerlin. Keine Luft ... keine Luft drin ... Es ist zum Ersticken.

Axel. Wer sind Sie?

Megerlin. Nur ein wenig ... wenn ich nur ein wenig hinaus könnte, an die Luft könnte ...

Edna *(nähert sich)*. Aber, Herr Megerlin, Sie wissen doch, daß wir nicht dürfen ...

Axel. Und Sie? Da sind ja noch welche?

(Stimmengemurmel.)

Was tun Sie hier alle?

Edna. Wir sind Auswanderer.

Axel. Unsinn. Die Esperanza hat keine Passagiere.

Edna. Am besten, Sie machen die Tür wieder zu, gehen weg und vergessen, daß Sie uns gesehen haben.

Axel. Fällt mir nicht ein. Ich muß Sie beim Kapitän melden.

(Gedämpftes Gelächter.)

Oder meinen Sie, daß Sie hier heimlich im Dunkeln bleiben können, die ganze Überfahrt lang?

Edna. Wir haben dafür bezahlt. Und dieses Schiff hier – wir wissen nicht einmal, wie es heißt, das hat man uns nicht gesagt –

Axel. Esperanza –

Edna. Diese Esperanza hat nur den einen scheußlichen, dunklen Raum für uns – dafür ist er teurer als die Luxuskabine auf einem großen Dampfer.

Axel. Dann würde ich einen Luxusdampfer vorziehen.

Edna. Ich auch. Aber dazu müßte ich sehr schöne Einreisepapiere haben.

Axel. Ach so. Natürlich. Und wie wollen Sie denn an Land kommen?

Edna. Das ist einbegriffen. Der Kapitän sorgt dafür, daß wir irgendwo an der Küste –

Axel. Der Kapitän? Ja, weiß denn der davon?

Edna. Glauben Sie, man kann sieben Leute an Bord schaffen und verstecken, ohne daß der Kapitän das wüßte? Wer läßt sich denn so teuer dafür bezahlen?

Axel. Der Kapitän?

Edna. Was meinen Sie, was der an uns verdient? *(Ganz entfernt die Schiffsglocke – acht Glasen.)*

Axel. Und wer sind die andern sechs?

Edna. Und wer sind Sie?

Axel. Ich bin nur Matrose. War das nicht die Glocke? Vier Uhr . . . das ist meine Wache.

Edna. Und daß Sie uns gesehen haben, das sollten Sie lieber nicht weitererzählen.

(Tür quietscht.)

Und schieben Sie bitte auch wieder den Riegel vor . . .

(Tür fällt zu.)

(Akustikwechsel. Im Freien.)

Grove. Bengtsen? Haben Sie vielleicht meinen Sohn gesehen?

Bengtsen. Der muß jetzt Wache haben.
Grove. Ich weiß gar nicht, wo der immer steckt. Seit drei Tagen hat er sich nicht bei mir gezeigt.
Bengtsen. Ich weiß es nicht, Kapitän.

(Akustikwechsel, unten. Das Dröhnen. Leise Stimmen: „Full Hand" ... „Flush" ...)

Megerlin *(für sich)*. Eins ... zwei ... drei ... vier ...
Edna. Was tun Sie denn da im Dunkeln, Herr Megerlin?
Megerlin. Ich zähle, was mir übriggeblieben ist.
Edna. Sie haben verloren.
Megerlin. Etwas. Oder ziemlich viel. Eigentlich beinahe alles.
Edna. Ich sagte Ihnen, Sie sollten lieber nicht mit meinem Vater spielen.
Megerlin. Jetzt werden Sie wohl bald angekommen sein ...
Edna. Wir alle.
Megerlin. Wissen Sie, ich glaube, ich werde gar nicht mitgehen. Ich glaube, ich habe deswegen so dumm gespielt, damit ich dieses Geld los werde, damit ich einen Grund habe, nicht in dieses fremde Land zu gehen, ich habe Angst davor. Wenn Sie fortgebracht werden, dann will ich den Kapitän bitten, daß er mich hier läßt und wieder zurückbringt und meinetwegen ausliefert, er könnte sagen, daß ich mich hier als blinder Passagier eingeschmuggelt habe, ich will nicht weiter, ich will wieder zurück, ich habe begriffen, ich kann's doch nicht. Oder ich bleibe einfach hier in diesem Loch sitzen, bis ich ersticke. Oder bis mich jemand findet und mitnimmt, egal wohin. Egal wohin ...

(Der Riegel wird zurückgeschoben.)

Edna. Da kommt jemand.

Megerlin. Der Alte mit dem Zwieback und dem Wasser. Ich will nichts ...

Edna. Vielleicht ist es jemand anderes ... ?

(Tür quietscht.)

Axel. Ich wollte noch mal nach Ihnen sehen. Noch drei Tage, Fräulein. Dann werden wir wohl ankommen.

Edna. Drei Tage ... ! Und wie spät ist es eben?

Axel. Neun Uhr.

Edna. Neun Uhr morgens oder neun Uhr abends?

Axel. Morgens, oben scheint die Sonne. Sie tun mir sehr leid, Fräulein.

Edna. Drei Tage hält man es noch aus ...

Axel. Ich habe Ihnen eine Decke mitgebracht ...

Edna *(beinahe lachend)*. Finden Sie nicht, daß es hier warm genug ist?

Axel. Ich sehe, daß Sie hier einfach auf dem nackten Boden schlafen müssen ... Sie können sich die Decke ja darunterlegen.

Edna. Ich habe mich schon daran gewöhnt. Aber ich nehm die Decke gern.

Axel. Sonst habe ich nichts, was ich Ihnen bringen könnte.

Edna. Wir brauchen auch nichts, wir wollen nur endlich ankommen.

Axel. Was sind das eigentlich für Menschen?

Edna. Ich weiß es nicht genau. Man will sie nicht, aus Gesundheitsgründen oder aus politischen Gründen oder weil sie mal was ausgefressen hatten – aber sie sind versessen darauf, ein neues Leben anzufangen. Voller verrückter Hoffnungen. Wie werden die nach ein paar Monaten aussehen ...

A x e l. Arme Schweine, sozusagen.

E d n a. So ungefähr.

A x e l. Und Sie? Sind Sie allein?

E d n a. Vorläufig bin ich noch mit meinem Vater zusammen. Meinem Stiefvater. Ich bin für ihn so eine Art Betriebskapital.

A x e l. Das verstehe ich nicht.

E d n a. Ich muß ihm seine Kunden zuführen ... Wenn Sie wüßten, was einem Mädchen seit seinem vierzehnten Jahr zugemutet werden kann ...

A x e l. Warum sind Sie ihm nicht davongelaufen?

E d n a. Ich werde es tun. Er ahnt nichts. Aber sobald wir an Land sind – er sieht mich nie wieder.

A x e l. Wie alt sind Sie?

E d n a. Achtzehn.

A x e l. Und Sie fürchten sich gar nicht?

E d n a. Nein. Ich habe so viel Gemeines erlebt, ich weiß sofort, was an einem Menschen dran ist. Ich habe einen ganz genauen Plan. Ich werde zuerst ein Jahr in irgendeiner Fabrik arbeiten, bis ich mich an das Land drüben gewöhnt habe. Dann werde ich vielleicht Verkäuferin oder so. Und ich werde mich mit niemandem einlassen und mich auf niemand verlassen, außer wenn ich weiß, daß es ein guter Mensch ist.

A x e l. Sie haben ja auch die ... verrückten Hoffnungen.

E d n a *(lacht)*. Nein. Meine sind ganz normal. Und dann – ich sehe sonst ... nun, eben bin ich ein bißchen zerzaust – aber sonst sehe ich so kindlich aus, daß niemand darauf käme – außer wenn mein Vater ihn auf mich hetzt –, mir etwas Böses zu tun.

A x e l. Ja. Das ist richtig.

E d n a. Und Sie?

Axel. Ich?
Edna. Wo sind Sie zu Hause? Leben Ihre Eltern?
Axel. Nein ... ich bin auch allein ...
Megerlin *(nähert sich).* Entschuldigen Sie ... wissen Sie vielleicht, wann ... wann die Leute hier an Land gebracht werden sollen?
Axel. Nein, das weiß ich nicht. Ich weiß nur, daß wir noch so ungefähr drei Tage unterwegs sind ...
(Ausblenden, Schiffsmaschine. Wird leise. Verschwindet.)

(Akustikwechsel. Im Freien.)

Grove. Bengtsen?
Bengtsen. Ja?
Grove. Morgen mittag sind wir in Wilmington.
Bengtsen. Ich denke, gegen ein Uhr.
Grove. Haben Sie für heute nacht alles veranlaßt?
Bengtsen. Ja.
Grove. Wenn Sie meinen Sohn sehen, schicken Sie ihn zu mir.
(Dann die Schiffsglocke im Freien, gerade die letzten Schläge.)

(Akustikwechsel.)

Grove. Na, Axel – besuchst du mich auch einmal?
Axel. Ja, ich dachte –
Grove. Hast dich bestens eingelebt, in den zwei Wochen. – Trinkst du?
Axel. Ja, danke.
Grove. Ist ja nicht ganz in der Ordnung ...
(Geräusch des Eingießens.)

... daß der Leichtmatrose mit dem Kapitän zusammen säuft – und ich hab dich auch nicht öfter herbestellt, damit die Leute nicht auf den Gedanken kommen, du würdest hier irgendwie bevorzugt. Das schafft nur böses Blut. Und außerdem, wenn ich mich nach dir umgesehen hab, warst du nicht zu finden. Schläfst wohl den ganzen Tag?

Axel. Ja, Gott – gelegentlich –

Grove. Junger Mensch braucht Schlaf. Na, denn prost!

Axel. Prost, Vater.

Grove. Bißchen hart der Dienst, was?

Axel. Das ist wohl überall gleich.

Grove. Man gewöhnt sich an alles. Man gewöhnt sich an viel dollere Sachen. An die Flieger, an die U-Boote, an die Einschläge. Was glaubst du – als das auf einmal vorbei war, und der Himmel lag über einem, harmlos wie eine Zimmerdecke, da habe ich richtig was vermißt. Ohne Feind ist das nur eine halbe Welt. Als hätte man eine Nacht lang hoch gespielt, immerzu Tausender verloren und gewonnen – und auf einmal ist Schluß – jetzt geht es nicht mehr um Geld, sondern um was weiß ich, um Haselnüsse. Und wenn man jahrelang fürs Vaterland gekämpft hat ...

Axel. Welches Vaterland meinst du? Unser eigenes gab es ja bald nicht mehr.

Grove. Irgendeins – darauf kommt es im Grunde nicht an, man sagt das so – in Wirklichkeit kommt es nur darauf an, daß man weiß, wo man steht, und daß man weiß, wer die andere Seite ist. Und auf die lauert man, bis man sie jagen kann. Begreifst du, was das bedeutet?

Axel. Ich weiß nicht. Das sind ja auch Menschen.

Grove. Das ist der Feind. Menschen, sagst du? Gott sei Dank sind es Menschen, sonst könnte man ja nicht an sie heran. Aber daß da was lebt! In einer Hülle aus Metall und Maschinen – auf die kommt es gar nicht so an – aber auf das, was drinsteckt. Das steht hinter dem Rohr, genau wie du, das hält die Hand am Auslöser, genau wie du, es will dich vernichten, genau wie du selber es vernichten willst. Wenn du es ausgemacht hast – vielleicht ist es nur ein Punkt, eine dunkle Stelle, eine kleine Unruhe im Meer – aber das sind sie. Und du hast nicht eher Ruhe, bis der Punkt verschwunden ist, weggeputzt, und in Bruch und Trümmern hineingesenkt in die Tiefe. Das ist dann dein Triumph, ein herrliches Gefühl – die leere Stelle, über die die Wellen hingehen, als wäre niemals etwas da gewesen. Du bist satt bis zum Halse, voll von Leben, du bist übriggeblieben, und es geht weiter. So ist das. Prost!

Axel. Prost.

Grove. Und du hast nichts davon mitgekriegt ...

Axel. Nur die Rückseite. Die Flüchtlingslager, die Läuse, die Bomben und den Hunger.

Grove. Na ja ... du warst eben zu jung.

Axel. Im Lager konnte man sich melden. Denen wurde dann bessere Verpflegung versprochen. Aber ich habe eben weitergehungert.

Grove. Deshalb bist du denn auch so ein bißchen kümmerlich geblieben ...

Axel. Wieso?

Grove. Nicht äußerlich, mein ich. Aber mir scheint, es fehlt dir was.

Axel. Kümmerlich?

Grove. Na ja, du hast eben zu lange gehungert. Das hinterläßt Spuren.

Axel. Unsinn, Vater, mir fehlt nichts.

Grove. Nur ein bißchen Energie. Ein starker Wille. Willst du dich durchsetzen? Bist du hinter den Dingen her?

Axel. Ich bin eigentlich nur auf See gegangen, weil sich gerade eine Gelegenheit bot.

Grove. Und jetzt bist du bald zwei Jahre gefahren. Und was hast du dabei gelernt?

Axel. Nicht viel. Deckschrubben.

Grove. Das kann auch eine Scheuerfrau. Aber sonst? Weißt du, was ein Sextant ist?

Axel. So ungefähr.

Grove. Hast du einen in der Hand gehabt?

Axel. Das nicht.

Grove. So ungefähr...! Weißt du, was eine Standlinie ist?

Axel. Nein.

Grove. Was ist die Mittagslinie?

Axel. Ich weiß nicht.

Grove. Azimut? Rektaszension?

Axel. Ich weiß nicht. Ich weiß nicht.

Grove. Aber als Rudergänger hat man dich schon gebraucht?

Axel. Ja. Ein paarmal.

Grove. Und was hast du da gemacht?

Axel. Ich hab auf den Kompaß geachtet.

Grove. Nordost dreiviertel Nord. Hingestiert und Kurs gehalten. Und sonst? Kein Gedanke. Nordost dreiviertel Nord.

Axel. Ich weiß nicht... was willst du eigentlich? Ich tu, was von mir verlangt wird.

Grove. Wenn du schon mein Sohn bist, dann solltest du versuchen, so zu sein, wie ich mir einen tüchtigen Kerl vorstelle.

Axel. So wie du? Das wolltest du wohl sagen?

Grove. Jawohl, meinetwegen. Sieh mich an, sprich mit mir, dann weißt du, wie man die Dinge anzupacken hat.

Axel. Ich würde dich zum Beispiel gern etwas fragen.

Grove. Schieß los, mein Junge.

Axel. Da sitzen sieben Leute eingepfercht im Laderaum.

Grove. Wer hat dir das erzählt?

Axel. Ich bin selber unten gewesen.

Grove. So? Herumgeschnüffelt also?

Axel. Nein. Ich ging herum, und zufällig –

Grove. Jetzt hör mal zu: Die Leute unten – die gehen dich gar nichts an.

Axel. Ich wollte dich nur fragen, ob du es weißt.

Grove. Ja, glaubst du denn, jemand würde es wagen, hinter meinem Rücken irgend etwas zu tun? Wann bist du unten gewesen?

Axel. Zum erstenmal war es –

Grove. Was heißt das? Bist du mehrere Male dort gewesen? Was hattest du da zu suchen?

Axel. Einige Male.

Grove. Ja, was denn? Wozu denn? Bei diesem Gesindel! Was wolltest du da?

Axel. Sie schlafen auf dem nackten Boden. Bist du unten gewesen? Kennst du diese Menschen?

Grove. Nein. Ich kenne sie nicht. Ich will sie nicht kennen. Und ich verbiete dir, daß du noch einmal hingehst.

Axel. Warum denn?

Grove. Abschaum. Gesindel, dem der Boden zu heiß geworden ist.

Axel. Sie taten mir leid. Sie wußten nicht einmal, auf was für einem Schiff sie sind.

Grove. Und das hast du ihnen gesagt?

Axel. Ja. Warum nicht?

Grove. *Was* hast du ihnen gesagt? Genau?

Axel. Nichts Böses. Nur, daß das Schiff Esperanza heißt und nach Wilmington unterwegs ist –

Grove. Du Idiot! Und du kapierst womöglich gar nicht, was du damit angerichtet hast!

Axel. Warum sollen diese Leute wenigstens nicht wissen –

Grove. Warum? Was meinst du denn, was so einer tut, wenn er heute nacht an der Küste oder auch später im Lande aufgegriffen wird? Papiere? Keine. Wo kommen Sie her? Und dann packt er aus, natürlich. So und so, mit der Esperanza, dann und dann. Und dann können wir im nächsten Hafen was erleben! Da steht die Kriminalpolizei schon am Kai, wenn wir einlaufen.

Axel. Ich glaube, der Mann, den sie an der Küste schnappen, würde mir mehr leid tun als der, auf den sie im Hafen warten.

Grove. Du weißt nicht, was du redest. Irgendein Tölpel! Irgendein Galgenvogel! Und ich riskiere seinetwegen mein Schiff und meinen Kragen!

Axel. Wieso denn seinetwegen? Doch nur, weil er dich bezahlt hat.

Grove. Nu hör aber auf!

Axel. Und bist obendrein – ich weiß gar nicht, wieso du besser sein solltest als einer von denen, gerade du –

Grove. Axel!

Axel. Im Sommer 37 habe ich gewartet auf dich. Hätte ich gewußt, daß du gar nicht irgendwo auf den Meeren der Welt unterwegs warst, sondern bloß im Kittchen –

Grove. Axel!

Axel. Das weiß doch jeder! Warum soll ich es nicht wissen?

Grove. Und so einen lächerlichen Hafenklatsch –! Das wagst du! So was mir ins Gesicht zu sagen –!

Axel. Dann ist das gelogen?

Grove. Natürlich.

Axel. Du warst also gar nicht –

Grove. Nein!

Axel. ... im Gefängnis?

Grove. Nein. Das heißt ... Es hat da eine Untersuchung gegeben.

Axel. Also doch.

Grove. Untersuchungshaft und so weiter. Irgendein Denunziant ... Aber ich wurde rehabilitiert.

Axel. Was wurdest du?

Grove. Meine Ehre wurde wiederhergestellt.

Axel. Deine Ehre.

Grove. Jawohl! Hätte ich sonst mein Patent behalten?

Axel. Ich kann mir schon denken –

Grove. Was?

Axel. ... daß du dich irgendwie herausgeschwindelt hast, mitsamt deinem Patent. Du bist ja so vorsichtig! Du läßt dich nicht erwischen.

Grove. Jetzt habe ich aber genug ...

Axel. Und auf so was habe ich gewartet, jahrelang. Du kannst mir beinahe leid tun. Es ist nicht weit her mit deiner Herrlichkeit.

Grove. Was bist du für ein Kind! Wenn dich solche Bagatellen derartig aus dem Häuschen bringen ... Laß dir von deinen Freunden unten im Laderaum erzählen, wie ein Zuchthaus von innen aussieht.

Axel. Das sind arme Schweine.

Grove. Jawohl, sind sie! Und du selber? Willst du auch so ein armes Schwein bleiben oder –

Axel. Ich will im nächsten Hafen abmustern.

Grove. So.

Axel. Morgen.

Grove. Morgen in Wilmington, ja?

Axel. Ja. In Wilmington. Ich bleibe nicht auf deinem Schiff.

Grove *(lacht)*.

Axel. Ich denke nicht daran, zu bleiben!

Grove. Du ... Versager ... du Dummkopf!

Axel. Es ist mir egal, wofür du mich hältst.

Grove. ... weil du dir einbildest, ein staatenloser Leichtmatrose könnte so ohne weiteres in einem amerikanischen Hafen abmustern.

Axel. Daran habe ich nicht gedacht.

Grove. Jetzt weißt du es. Und ich verlange von dir, daß du bleibst. Du wirst zur Vernunft kommen. Verstanden?

Axel. Ich will nicht.

Grove. Du bist ein Mann und keine alte Tante. Und das Leben ist eine wüste Sache, man kann nicht hindurchschweben wie irgendein Engel. Man schwimmt im Dreck, und man strampelt sich frei, wenn man nicht ersticken will, und man wird dreckig dabei.

Axel. Und darum stiehlt man? Und darum plündert man ein paar Verzweifelte aus, die sich nicht zu helfen wissen? Rupft sie, setzt sie an einer fremden Küste aus – du kannst tun, was du willst. Aber ich will allein sein. Du bist mir widerlich.

(Tür schlägt zu. Schritte auf und ab.)

Grove *(allein)*. Er weiß gar nicht, was er da angerichtet hat. Dumm. Sehr dumm. So ein dummer kleiner Junge ... Bengtsen? Wollen Sie bitte zu mir hereinkommen?

(Tür.)

Bengtsen. Herr Kapitän?

Grove. Hören Sie, Bengtsen ... Die Leute da unten sind doch eingeschlossen?

Bengtsen. Ein Riegel ist vor der Tür.

Grove. Es kommt ein Vorhängeschloß daran. Sofort.

Bengtsen. Lohnt sich das noch? Für die paar Stunden?

Grove. Ein Vorhängeschloß, sage ich.

Bengtsen. Jawohl.

Grove. Und ... heute nacht ...

Bengtsen. Die sollen also wirklich an Land gebracht werden?

Grove. Nein.

Bengtsen. Also dann –?

Grove. Die wissen nämlich, wer wir sind.

Bengtsen. Ach so. Dann also: wie früher.

Grove. So wie immer. Sie erledigen das.

(Akustikwechsel. Schiffsglocke zwei Schläge. Im Freien.)

Bengtsen. Krucha!

Krucha. Herr Bengtsen?

Bengtsen. Sie können sich heute Ihre fünfzig Dollar verdienen. Genau zwölf Uhr nachts.

Krucha. Aber mit dem Schwimmen – das ist diesmal so eine Sache ... Da ist ein Weibsbild dabei, wenn ich der sage, jetzt schwimm die letzten zehn Meter – die kann vielleicht gar nicht schwimmen.

Bengtsen. Hören Sie, Krucha. Um zwölf Uhr haben wir eine lange Sandbank dwars. Devils

Ground. Um elf Uhr ist Niedrigwasser, aber um Mitternacht ist die Sandbank noch heraus. Sieht genau wie Festland aus, nur daß zwischen ihr und der Küste noch mal zwanzig Meilen tiefe See liegen.

Krucha. Ja, und –?

Bengtsen. Man könnte also dort ... an Land gehen.

Krucha. An Land?

Bengtsen. Oder an etwas, was so aussieht wie Land, was sich so anfühlt, wie Festland. Man spürt erst mal Boden unter den Füßen.

Krucha. Ja, ich verstehe. Feuchten Boden.

Bengtsen. Das ist der Meeresboden, der dort für zwei Stunden aus dem Wasser steigt. Und bald danach liegt das Ganze wieder etwa vier Meter unter dem Meeresspiegel.

Krucha. Ach so.

Bengtsen. Begriffen?

Krucha. Ja, Herr Bengtsen. Und Mond ist auch keiner?

Bengtsen. Nein. Und wenn es so bleibt, dann wird es eine stille, schwarze Nacht. Um zwölf Uhr nehmen Sie die Leute in die Barkasse und halten dann einfach von der Esperanza quer ab. Dann können Sie die Bänke nicht verfehlen.

Krucha. Da steigen die bequem aus; ohne daß sie nasse Füße bekommen. Und bis die ersten bemerkt haben, wo sie sind, bin ich längst wieder zurück. Das geht so glatt, als ob gar nichts geschehen sei.

Bengtsen. Ich rechne im ganzen etwa fünfundzwanzig Minuten.

Krucha. Wird zu machen sein.

(Schiffsglocke acht Glasen.)

(Akustikwechsel. Die Maschinen sind zu hören.)

Grove. Zwölf Uhr.

Bengtsen. Nach der Karte sind wir jetzt genau an der richtigen Stelle.

Grove. Also –

(Maschinentelegraph. Die Schiffsmaschinen stoppen.)

Und die Deckbeleuchtung muß weg.

(Knipsen.)

Jetzt ist es dunkel wie in einem Sack. Können die Leute im Dunkeln die Barkasse aufs Wasser setzen?

Bengtsen. Es ist derartig still heute.

Grove. Wie Samt. Weich und schwarz und warm. Wo ist mein Sohn?

Bengtsen. Der ist im Kettenraum beschäftigt. Hören Sie –

(Leise. Drei Hammerschläge. – Drei Hammerschläge.)

Der Rost ist von der Kette zu schlagen, habe ich ihm gesagt. Der hat zu tun. Der kann auch nichts hören. Bis zu seiner Wache um vier hat er zu tun.

Grove. Das haben Sie gut gemacht. Und jetzt scheinen sie zu kommen, da achtern –

Bengtsen. Soll ich hingehen?

Grove. Nein, Sie bleiben auf der Brücke. Krucha wird schon allein damit fertig.

(Akustikwechsel. Schritte auf Eisentreppe.)

Krucha. Macht nicht so einen Lärm, ihr braucht nicht das ganze Schiff aufzuwecken. Leise. So. Alle da? Eins, zwei, drei, vier, fünf, sechs, sieben. Alle. Jetzt hier runter, hinter mir her, in die Barkasse.

(Schritte; Gemurmel.)

Ruhig. Nicht reden.

(Motor der Barkasse springt an. Motorengeräusch entfernt sich.)

(Akustikwechsel.)

Grove. Er soll nicht bemerken, daß wir keine Fahrt im Schiff haben.

Bengtsen. Wer?

Grove. Mein Sohn.

Bengtsen. Der ist zu beschäftigt.

Grove. Oder wenn er es bemerkt ... wird es ihm auffallen, wenn wir so bald wieder weiterfahren?

Bengtsen. Er wird denken, wir haben Maschinenschaden.

Grove. Nein. Er weiß.

Bengtsen. Er weiß?

Grove. Daß die Leute heute weggebracht werden, das weiß er.

(Akustikwechsel. Motorlärm laut. Dann verstummt er plötzlich. Knirschen auf Sand.)

Krucha. So. Alle aussteigen. Endstation.

Mann. Wo sind wir denn hier?

Krucha. In den Vereinigten Staaten. Im Lande der Sehnsucht.

Mann. Aber wo? Ist hier ein Ort in der Nähe? Ich sehe nicht ein einziges erleuchtetes Fenster. Und keine Bäume.

Krucha. Ein bißchen werden Sie schon wandern müssen. Das ist eine sehr öde Küste hier. Alle raus?

Mann. Ja.

Krucha. Und nicht rufen, wenn ich raten darf. Still sein. Und steht nicht so herum, los, macht schon!

(Schritte im Sand.)

Und nicht immer alle zusammen. Einzeln ist es besser.

(Motor springt an. Geräusch entfernt sich.)

(Akustikwechsel. Dann Hammerschläge. Dreimal. Pause. Dreimal.)

Grove. Bengtsen?

Bengtsen. Ja?

Grove. Hören Sie? Ich glaube, er kommt schon zurück.

Bengtsen. Das ist ja schnell gegangen.

Grove. Wie haben Sie übrigens meinen Sohn dazu gebracht, außerhalb seiner Wache eine ganz überflüssige Arbeit auszuführen?

Bengtsen. Ganz einfach. Ich befahl es ihm um vier Uhr nachmittags. Und dann ließ ich Krucha ihn abfangen, und Krucha stellte ihn zu den anderen, die Rettungsboote streichen. Und dann treff ich um zehn Uhr Ihren Sohn und frage ihn, warum denn die Kette noch nicht fertig sei? Und er sagte, er habe das Boot gestrichen, und ich sagte, ich habe Ihnen gar nichts von Bootsstreichen gesagt, ich habe Ihnen befohlen, den Rost von der Kette zu klopfen. Und wenn er das nachmittags nicht gemacht habe, dann müsse er es eben jetzt nachholen.

Grove. Er läßt sich eben zu viel gefallen. Das ist doch keine Extraarbeit und außerdem nachts.

Bengtsen. Jedenfalls – er ist noch dran.

(Motorlärm lauter.)

Und die Barkasse ist auch zurück.

Grove. Das wäre also erledigt.

(Maschinentelegraph. Schiffsmaschinen fangen an zu arbeiten.)

Wir holen die Verspätung leicht ein. Aber das war das letztemal. Gute Nacht, Bengtsen.

(Schiffsglocke viermal.)

Grove. Bengtsen, kommen Sie herein. Können Sie auch nicht schlafen? Immer dies verdammte Hämmern.

Bengtsen. Soll ich ihm sagen, daß er jetzt aufhört?

Grove. Nein. Lassen Sie. Strafe muß sein.

Bengtsen. Wen wollen Sie denn bestrafen? Sich selbst, wenn Sie sich Ihre Ruhe stören lassen. –

Grove. Mich? Wieso? Den Jungen natürlich. Ich hatte eine Auseinandersetzung mit ihm. Er soll sich daran gewöhnen, daß er jetzt einen Vater hat. Einen Vater, wie ich es nun einmal bin. Aber er ist so jung und so dumm ...

(Hämmern.)

Das klopft wie ein altes Herz ... unregelmäßig, krank. Ein krankes Herz in einem morschen Körper. Wird es schon hell?

Bengtsen. Zwei Uhr. Noch nicht.

Grove. Der hat mich so erstaunt angesehen, der blöde Kerl. Wissen Sie, Bengtsen – kommt das bei Ihnen auch vor? – man sieht sich auf einmal mit den Augen eines andern Menschen. Man versucht zu begreifen, wie er einen sieht, und dann sieht man sich selbst so. Nur einen Augenblick lang – aber immer wieder.

Bengtsen. Sie sollten was trinken, Kapitän.

Grove. Glauben Sie, ich habe noch nichts getrunken? Aber es wirkt heute nicht. Es ist so heiß, ganz still und heiß, man schwitzt alles sofort wieder aus, was man trinkt, und nur das Herz fängt an, unregelmäßig zu schlagen.

Bengtsen. Sie sollten sich keine unnützen Sorgen machen, Kapitän.

Grove. Er ist so eigensinnig, der Junge. Aber wir werden uns schon vertragen. Wenn er ein bißchen nachdenkt ... hier ist die Esperanza, hier ist sein Vater – das lohnt sich doch. So etwas gibt man doch nicht auf. Das begreift doch jedes Kind.

Bengtsen. Warum soll er das aufgeben?

Grove. Ich weiß nicht ... ich habe manchmal den Gedanken, er könnte einfach abmustern im nächsten Hafen und weggehen. Wie kann ich ihn halten? Aber außer mir hat er doch gar nichts.

Bengtsen. Ach, der bleibt bestimmt. Der wird sich schon an seinen Alten gewöhnen.

Grove. Wird er doch, nicht wahr? Wenn er erst ein bißchen älter ist, werden wir noch die besten Freunde sein. Ich seh nicht ein, warum das anders sein sollte?

(Hämmern.)

Hören Sie?

Bengtsen. Ja, jetzt, wo Sie es gesagt haben ... Es klingt wirklich wie ein schlagendes Herz.

Grove. Es dröhnt in den Ohren ... ich bilde mir immerzu ein, das ist mein eigenes Herz, das so laut schlägt. Altes, morsches Herz.

Bengtsen. Unsinn, Kapitän. Sie sind noch lange nicht alt.

Grove. Meinen Sie? Kann sein. Das ist nur diese Nacht, diese verdammte, stickige Nacht. Wenn es hell wird, ist alles anders. Und wenn ich bedenke, was man mir alles zugefügt hat, ohne mich zu fragen, ohne überhaupt hinzusehen ... Einer will den andern fressen, aber der härtere Brocken bleibt übrig. So ein Kind begreift natürlich nicht, daß man hart sein *muß* auf dieser Welt, wie die nun mal ist, wenn man nicht gefressen werden will. Gar nicht erst nachdenken. Und was man tut, das hat, gerade dadurch, daß man es tut, seine besondere Richtigkeit. Finden Sie nicht, Bengtsen?

Bengtsen. Man sollte nicht so viel nachdenken, Kapitän.

Grove. Und wenn Sie zum Beispiel wüßten, daß gerade jetzt irgendwo in China irgendein Straßenräuber hingerichtet wird – würden Sie deswegen schlechter schlafen?

Bengtsen. Nein. Bestimmt nicht, Kapitän.

Grove. Sehen Sie. Und im Grunde ist ja auch kein Unterschied. Was geschieht eben? Ein paar ähnliche Straßenräuber sterben. Leute, deren Namen ich nicht kenne, die ich nie gesehen habe, Nullen, eigentlich nur bloße Nullen. Und eine Null kann man ausstreichen, ohne irgend etwas zu verändern. Sieben Nullen. Jede ohne Gesicht, ohne Stimme, ohne Namen. Ausgestrichen. Was ist dabei? Gar nichts. Die Welt wird dadurch weder besser noch schlechter.

Bengtsen. Eher sogar besser, würde ich sagen.

(Schritte.)

Grove. Was ist das? Wer kommt da?

(Klopfen.)

Was ist los?

Matrose. Herr Kapitän ...

Grove. Kommen Sie herein. Was wollen Sie?

Matrose. Einer ist auf dem Schiff geblieben.

Grove. Was für einer?

Matrose. Ein Mann. Ich fand ihn unten im Laderaum.

Grove. Was haben Sie nachts im Laderaum zu suchen?

Matrose. Ich dachte, da wäre vielleicht was liegengeblieben, was man brauchen kann. Ein Paar Socken oder ein Päckchen Tabak – was man so nicht mitnehmen will, wenn man weggeht. Oder ein Stück Seife.

Grove. Ja, und?

Matrose. Da fand ich einen Mann, der machte sich mit einem Strick zu schaffen, er weinte vor sich hin und zitterte und an dem Strick wollte er sich aufhängen. Ich hab ihm den Strick weggenommen. Aber was soll jetzt mit dem Mann geschehen?

Grove. Wo ist er?

Matrose. Er steht draußen, das heißt, er sitzt auf der Ladeluke und sagt kein Wort.

Grove. Gehen wir hin!

(Im Gehen gesprochen.)

Matrose. Ich komm herein, es ist fast dunkel, und ich höre auf einmal dies Gewimmer, wie von einer Katze. Und dann seh ich den Mann. Ich dachte zuerst, eine Katze wäre zufällig in den Laderaum geraten, im letzten Hafen, und ich dachte, die ist vielleicht toll geworden, Katzen können nämlich auch toll werden.

Grove. Hören Sie auf. Ist er das?

Matrose. Ja. Da sitzt er.

Grove. Und Sie gehen sofort und rufen mir den Krucha her.

Matrose. Jawohl, Herr Kapitän.

Grove. Wer sind Sie? Warum sind Sie nicht mit den andern zusammen von Bord gegangen?

Megerlin. Ich hatte auf einmal keine Lust.

Grove. Ja, und jetzt? Wie stellen Sie sich das vor?

Megerlin. Es ist mir ganz gleichgültig, was Sie mit mir machen. Sind Sie der Kapitän?

Grove. Ja.

Megerlin. Sie können mich im Hafen der Polizei abliefern.

Grove. Ich kann Sie auch sofort über Bord schmeißen lassen.

Megerlin. Können Sie. Ist mir alles ganz gleichgültig.

Grove. Weshalb kommen Sie dann überhaupt aufs Schiff, wenn Sie nachher Angst haben?

Megerlin. Ja, es war alles verkehrt. Ich habe gemerkt, daß ich zu nichts mehr tauge.

Grove. Das hätte Ihnen früher einfallen können.

Megerlin. Wenigstens dachte ich das da unten in diesem schrecklichen Raum. Dieses Dröhnen unentwegt. Und man konnte kaum atmen da unten.

Grove. So, und das paßte Ihnen nicht.

Megerlin. Hier ist es besser. Hier kann man wenigstens atmen. Es tut mir leid, daß ich Ihr Programm gestört habe, Herr Kapitän.

Grove. Und jetzt gehen Sie mal wieder runter in Ihr Loch. Ich werde sehen, was ich mit Ihnen jetzt anfange.

Megerlin. Der ganze Himmel ist voller Sterne. Wer hätte das gedacht?

Grove. Was sagen Sie da?

Megerlin. Darf ich hier oben bleiben, bis es Tag wird?

Grove. Wenn Sie sich ruhig verhalten –

Megerlin. Ganz ruhig. Ich will nur zusehen, wie

es hell wird, ich habe noch nie gesehen, wie die Sonne aufgeht.

Grove. Dann bleiben Sie hier sitzen.

Megerlin. Ja. Danke. Haben Sie vielleicht eine Decke?

Grove. Was??

Megerlin. Ich würde gern eine Decke um die Schultern legen. Es ist kühl.

Grove. Ich schicke Ihnen eine Decke.

(Schritte.)

(Im Gehen.) Vor zehn Minuten wollte er sich aufhängen, und jetzt fürchtet er, sich zu erkälten.

Bengtsen *(lacht leise).*

Grove. Warum lachen Sie?

Bengtsen. Dieser Mann wollte sich das Leben nehmen. Und jetzt ist er der einzige von den sieben, der nicht tot ist.

Grove. Ja? Meinen Sie, daß die andern –

Bengtsen. Halb drei. Jetzt dürften dort schon ein paar Meter Wasser sein. Stehen können die nicht mehr auf der Sandbank.

Grove. Auch ein elendes Ende. Zuerst steht man bis an die Knie im Wasser, und die Brandung schlägt einem an die Brust, nirgends ein Ausweg, keiner hört einen schreien. Und das Wasser steigt immer höher.

Bengtsen. Da kommt der Krucha.

Krucha. Herr Kapitän.

Grove. Sie haben doch die Leute weggebracht, Krucha?

Krucha. Jawohl, Herr Kapitän.

Grove. Warum haben Sie nicht aufgepaßt?

Krucha. Wieso hab ich nicht aufgepaßt?

Grove. Haben Sie die Leute gezählt?

Krucha. Ja.

Grove. Genau gezählt?

Krucha. Es war dunkel, Herr Kapitän. Aber wieviel es waren, konnte ich schon erkennen.

Grove. Wie viele waren es?

Krucha. Sieben Mann natürlich, Herr Kapitän. Das heißt, sechs Mann und eine Frau.

Bengtsen. Dann haben Sie eben doch nicht genau gezählt.

Krucha. Und beim Aussteigen wieder. Es kommt mir vor, es müssen sieben gewesen sein. Sonst weiß ich nichts. Meiner Ansicht nach sind es alle sieben gewesen.

Grove. Es ist gut, Krucha, Sie können gehen.

Bengtsen. Merkwürdig.

Grove. Ja. Da stimmt doch etwas nicht. Sie finden das auch merkwürdig, Bengtsen.

Bengtsen. Ja, ich kann es mir nicht recht erklären.

Grove. Ich kann es mir ganz gut erklären.

Bengtsen. Ja, wie denn, Kapitän?

Grove. Es sind gar nicht sieben gewesen, sondern acht.

Bengtsen. Wieso? Ich habe doch selber sieben Mann an Bord kommen sehen. Ich habe ihnen das Geld abgenommen. Ich habe ... ach so ... Sie denken ...

Grove. Ich denke, daß Sie mir zwar das Geld von sieben Leuten gebracht haben, aber daß Sie vielleicht vergessen haben, das Geld für den achten abzugeben.

Bengtsen. Es ist kein achter dabeigewesen.

Grove. Der ist auf Ihre Rechnung gefahren.

Bengtsen. Herr Kapitän –

Grove. Sie wissen, daß ich dieses Gesindel nicht ansehe und nicht zähle. Sie wissen, daß ich es nicht bemerken würde, wenn einer mehr dabei wäre ...

Bengtsen. Das hätte ich natürlich tun können. Aber ich habe es nicht getan.

Grove. Aber sieben Leute, die aussteigen, und einer, der an Bord bleibt – das sind im ganzen acht.

Bengtsen. Wir können ja den komischen Kerl da fragen. Der muß es ja wissen.

Grove. Natürlich, kommen Sie ...

Megerlin *(pfeift vor sich hin. Schritte, hört auf zu pfeifen)*. Bitte, erlauben Sie mir, noch etwas hierzubleiben.

Grove. Sie dürfen bleiben, bis es hell wird, sagte ich schon.

Megerlin. Bis die Sonne kommt?

Grove. Meinetwegen. Aber Sie müssen uns vorher was erklären.

Megerlin. Es war furchtbar da unten, es war schlimmer als die Hölle, Herr Kapitän. Ich wollte einfach nicht mehr weiter. Aber jetzt – hören Sie, Herr Kapitän –, jetzt ist mir auf einmal ganz anders zumute. Wäre es wohl möglich, daß Sie mich im Hafen irgendwie an Land schmuggeln?

Grove. Was soll ich denn sonst mit Ihnen anfangen?

Megerlin. Ich danke Ihnen.

Grove. Sagen Sie mal, wie viele Leute waren unten mit Ihnen zusammen?

Megerlin. Ich weiß es nicht. Stellen Sie sich das vor. Ich weiß es nicht. Ich müßte scharf nachdenken ... Aber ersparen Sie es mir bitte.

Grove. Dann denken Sie gefälligst nach. Wie viele waren Sie?

Megerlin. Sehr ungern.

Grove. Nun?

Megerlin. Im ganzen sieben.

Bengtsen. Natürlich waren es sieben, Herr Kapitän.

Grove. Hören Sie mal – es sind sieben Leute von Bord gegangen.

Megerlin. Ach so. Wissen Sie das nicht? Einer gehörte gar nicht eigentlich zu uns.

Grove. Was heißt das?

Megerlin. Als ich sagte, daß ich nicht mehr mitmache, da sagte das Mädchen, ob ich das im Ernst meine, und ich sagte, natürlich, vollster Ernst. Und dann sagte sie, daß dann an meiner Stelle ein anderer das Schiff verlassen würde ...

Grove. Wer?

Megerlin. Das sagte sie nicht. Aber sie hätten es besprochen. Noch als wir diese steilen, eisernen Treppen hinaufgingen, und ich ging als letzter, das Mädchen vor mir – da kam jemand und sagte, jetzt kehren Sie um, wenn Sie wollen. Und ich kehrte um und ging zurück. Und der andere ging als letzter statt meiner die eiserne Treppe hinauf. Ich dachte damals wirklich, es hat keinen Sinn, ich gehe keinen Schritt mehr, mag mit mir geschehen, was geschehen will. Egal was. Das war unten. Ich ging wieder nach unten. Aber hier ist die Luft so herrlich ...

Grove. Seien Sie still. – Das kann doch nicht sein ... Hören Sie, Bengtsen, das kann doch nicht –

(Wieder leise – aber deutlich – das Hämmern.)

Er ist doch noch an Bord, hören Sie ...

Bengtsen. Wer?

Grove. Mein Sohn.

Bengtsen. Natürlich ist er an Bord. Vorn im Ankerhaus. Soll ich ihn rufen?

Grove. Ich gehe selbst.

(Schritte, die sich rasch entfernen.)

Megerlin. Herrlich ... herrlich ... Ich glaube, das war so ein Augenblick, wo sich plötzlich das ganze Leben verändert. Das war, als ich hier saß und auf einmal bemerkte, daß ich mitten in einer riesigen Nacht dasaß, mit dem Ozean rings herum, ebenso riesig wie die Nacht, der lebte und bewegte sich schwach im Dunkeln, und ein ganz zarter Wind faßte mich – und – sehen Sie – da auf einmal hatte ich das Gefühl, ganz frei zu sein, und alles, was geschehen war, ist ganz unwichtig – nur die Welt, die ungeheure Welt liegt da und atmet mich an. Ich bin nur ein kleiner Angestellter, und ein unehrlicher dazu ...

(Ausblenden.)

(Akustikwechsel. Das Hämmern und die Schritte. Das Hämmern kommt näher. Es wird immer lauter.)

Grove. Axel ... Axel ...

(Eine Tür fliegt auf. Und das laute Hämmern.)

Axel! Axel!

(Hämmern hört auf.)

Alter Matrose. Ich bin nicht Axel ...

Grove. Was machen Sie hier? Wo ist mein Sohn?

Matrose. Ich arbeite hier, ich klopfe den Rost von der Kette.

Grove. Aber mein Sohn ... Vorhin war es doch mein Sohn?

Matrose. Nein, Herr Kapitän. Ihr Sohn hat mich gebeten, an seiner Stelle – warum denn nicht, Herr Kapitän? Das ist doch nichts Verbotenes? Er gab mir ein Pfund Tabak, und ...

Grove. Dann ist mein Sohn überhaupt nicht hier vorn gewesen? Das war gar nicht er –?

Matrose. Nein, Herr Kapitän, ich arbeite hier seit zehn Uhr …

(Stampfende Schritte. Türen. Es hallt in den Gängen.)

Grove *(ruft)*. Axel! – Axel! – Axel – – *(Sagt.)* Das kann doch nicht sein, das ist doch unmöglich, das – Axel – – Axel. Wo steckst du, Axel, Axel!

(Verhallt.)

(Akustikwechsel. Maschinentelegraph – laut.)

Bengtsen. Was tun Sie denn, Kapitän?

Grove. Zurück. Sofort zurück!

Bengtsen. Aber das hat doch keinen Sinn. Wo vorhin die Sandbank war –

Grove. In zwei Stunden sind wir da.

Bengtsen. Da ist ja eben schon die Flut herüber. Da ist keine Sandbank mehr, da ist eine leere Stelle, mit drei Metern Wassertiefe.

Grove. Schweigen Sie! Wir gehen zurück! Wir suchen das Meer ab, meinetwegen den ganzen Tag lang.

Bengtsen. Das ist doch reiner Unsinn, Kapitän. Jede Stunde, jede Reiseminute kostet –

Grove. Das ist mir gleich.

Bengtsen. Was würde die Gesellschaft dazu sagen?

Grove. Ist mir gleich.

Bengtsen. Aber die Leute … von denen lebt doch keiner mehr!

Grove. Schweigen Sie! Vielleicht ist das eben der Augenblick, wo er den Boden unter den Füßen verliert. Vielleicht kann er sich noch so lange halten ...

Bengtsen. Niemand kann sich so lange halten.

Grove. Vielleicht ... Vielleicht ... Wenn wir es mit äußerster Kraft versuchen ...

Bengtsen. Es ist doch ganz zwecklos ...

Grove. Man kann doch nicht einfach dabeistehen und zusehen ...

(Geräusch der Schiffsmaschinen.)

Megerlin. Jetzt hat das Schiff gewendet. Fahren wir wieder zurück auf das offene Meer? Wie herrlich ... Das dunkle Meer ... das dunkle Schiff ... der dunkle Himmel ... Aber es wird immer heller, immer heller. Jetzt wird sie bald erscheinen, die Sonne – kaum zu glauben, daß in diese Dunkelheit und diese Stille der Tag einbrechen wird. Wie ich mich darauf freue. Als wäre ich von neuem zur Welt gekommen, eine ganz andere, herrliche, riesige Welt ...

NACHWORT

Fred von Hoerschelmann ist, wie Siegfried von Vegesack, Johannes von Guenther und eine Reihe weiterer Autoren, die freilich an Jahren durchweg älter sind als er, Deutschbalte. Doch während seine dichtenden Landsleute stets aus der Fülle schöpfen, die für baltisches Leben wie für baltische Geistigkeit immer charakteristisch war, kennzeichnet die Arbeit Hoerschelmanns eine eigentümliche Kargheit und Strenge. Die große Form des Romans hat ihm nie gelegen, auch seine Liebe zum Theater, für das er immerhin drei erfolgreiche Stücke schrieb, war nicht durchaus glücklich. Dagegen ist er ein unübertroffener Meister jener kleineren Gattungen, bei denen sich sprachliche und konstruktive Präzision auf engstem Raum vereinen müssen, wenn sie gelingen sollen: Erzählung und Hörspiel.

Allerdings scheinen Art und Stil seiner Funkdichtungen auf den ersten Blick allem zu widersprechen, was an einfachen Faustregeln über das Wesen der Gattung Hörspiel formuliert zu werden pflegt. Die Vorgänge, die der Autor entwickelt, wirken nicht, wie bei Günter Eich oder jüngeren Hörspieldichtern, als erwüchsen sie aus Träumen und lyrischen Impressionen. Eher ist man geneigt, zu sagen, daß Hoerschelmanns Figuren die Plastik dramatischer Gestalten haben, seine Handlungsabläufe mit ihren überraschenden, aber sorgsam motivierten Wendungen etwas Episches. Ein oberflächlicher Beobachter könnte den Dichter für einen spät geborenen Realisten halten, da bei ihm alles psychologisch glaubwürdig, real folgerichtig und stimmig ist. Hoerschelmann darf als ein an der alten Dramaturgie geschulter, virtuoser

Beherrscher dramatisch-epischer Architektonik gelten, als ein Erfinder von exemplarischen Fabeln, wie sie heute sonst nirgends mehr in ähnlicher Geschlossenheit geschaffen werden. Doch wenn man näher hinsieht, entdeckt man, daß all dies, obwohl es zweifellos die Erfolge Hoerschelmanns mitbewirkte, nur vordergründig ist. Entscheidend ist vielmehr, daß seine Handlungen fast immer monodramatisch von einer Mittelpunktsfigur her erdacht sind und daß alles Äußerlich-Reale nur Gleichnis ist für zeit- und menschentypische Abläufe, die sich vorwiegend im Innern dieser Figur vollziehen. Diese Einheitlichkeit der Perspektive – von dem Einen aus, dem sich sein Schicksal meist in einigermaßen dunkelfarbener Melodik, aber trotz aller Düsternis doch auch poetisch, vollendet – hat Hoerschelmann zum Hörspieldichter prädestiniert.

Der Autor, am 16. November 1901 in Estland geboren, hat in Dorpat und München Kunstgeschichte und Philosophie studiert. Er begann 1927 mit Kurzgeschichten, die in den großen Zeitungen der deutschen Hauptstadt, im *Berliner Tageblatt*, in der *Vossischen Zeitung* und im *Simplicissimus* erschienen. Immer hat er abseits vom literarischen Betrieb, ja vom Betrieb überhaupt gelebt. Seit dem Krieg wohnt er in Tübingen, wo er sich in einem hochgelegenen, einsamen Zimmer inmitten der lebensvollen Universitätsstadt, umgeben nur von Büchern, Schallplatten, Tonbändern und ungezählten technischen Gebrauchsgegenständen, als Junggeselle und Selbstversorger eingerichtet hat. Die Sommer verbrachte er im letzten Jahrzehnt meist in Nordwestspanien, da, wo kein Fremdenstrom hindringt, und wo Kap Finisterre nahe ist, das Ende der Alten Welt.

Auch die literarische Biographie des Autors ist merkwürdig einspurig verlaufen. Ende der zwanziger Jahre hat er sein erstes Hörspiel geschrieben; der Dichter und Rundfunkintendant Ernst Hardt hat es für den Kölner

Sender, der Dichter und Rundfunkdramaturg Arnolt Bronnen für die Berliner Funkstunde angenommen. Es hieß *Flucht vor der Freiheit*, wurde in Berlin (nach Köln) im Winter 1932/33 gesendet und hatte ein eigentümliches Schicksal. Bronnen hat das Stück nämlich durch Überarbeitung entstellt, ja teilweise ins Gegenteil verkehrt, so daß es dann *Flucht in die Freiheit* heißen mußte. Von dieser Berliner Aufführung aber ist vor einigen Jahren eine alte Schallplattenaufzeichnung aufgefunden worden, die zum Teil technisch noch brauchbar war. Vor allem war die größte Rolle des Stücks, die der überragende Mikrophondarsteller jener Zeit, Heinrich George, spielte, noch immer von unnachahmlicher Frische und Kraft. Ihretwegen entschloß sich Hoerschelmann dann, angeregt vom Norddeutschen Rundfunk, seinen von Bronnen entstellten Text zu rekonstruieren, aber so, daß der George-Part wörtlich erhalten blieb. Unter Hereinnahme der George-Stimme wurde daraufhin eine neue Inszenierung veranstaltet – mit dem Ergebnis, daß die unheimliche Neuaufnahme, in der ein toter Darsteller neben lebenden agierte, nach dreißig Jahren noch einmal über fast alle deutschsprachigen Sender lief: gleichsam als Dokument dafür, daß der Autor ein Menschenalter lang künstlerisch erstaunlich konstant geblieben ist, zeitlos, wie es trotz aller Zeitbezogenheit seine Fabeln sind.

Das Zeitlose, Monodramatische seiner Darstellungsart, die fast etwas Monumentales hat und die ihm innerhalb eines dem Umfang nach schmalen Werks einige wahrhaft bedeutende Leistungen ermöglichte, kommt übrigens nicht nur in Hörspielen, sondern auch in dem Erzählband *Die Stadt Tondi* zum Ausdruck, wo – novellistisch – von Schicksalen einzelner Bewohner einer erfundenen baltischen Küstenkleinstadt berichtet wird. Peet, in der Geschichte *Die schweigsame Insel*, hat im Grunde innerlich längst zuvor stumm und einsam auf einer Insel gelebt, schon als er in der Stadt noch unter lebendigen Menschen heimisch war. Als ihm dann aber beim zufälligen Aussteigen auf dem kleinen, unbewohnten Eiland, das mitten im Meer liegt, sein Boot davontreibt (er hatte es nicht hoch genug auf den Strand gezogen) und als er nun ganz allein ist, sprechen mit dem einsam Verhungernden plötzlich alle Menschen, die er je kannte, auch der tote Vater, von dem er sich schon bei Lebzeiten abgeschlossen hatte. Äußere und innere Wirklichkeit unterscheiden sich kaum voneinander, das „Ich" ist in beiden Wirklichkeiten gleichermaßen in der Fremde. Indem es aber hier wie dort die Umwelt mühevoll zu begreifen und zu beeinflussen sucht, geht es, meist gerade wenn ihm Gelingen beschieden zu sein scheint, an ihr zugrunde. Mindestens gerät es in noch größere Untiefen, die noch fremder und rätselhafter sind.

Etwas von diesem Inselmodell kann man in fast allen Geschichten und Hörspielen Hoerschelmanns nachweisen, man muß die Handlung nur jeweils von der richtigen Figur her betrachten: von derjenigen, die in der Geschichte die entscheidende Schicksalserfahrung macht und aus deren Perspektive sich alle Vorgänge entwickeln. Diese Figur ist allerdings nie im dramatischen Sinn aktiv: ahnungslos geht sie auf die Katastrophe ihres Lebens zu und gerät plötzlich in deren abschüssiges Kraftfeld, ahnungslos bis zum Ende.

Rund fünfzehn Hörspiele hat Hoerschelmann geschrieben. Hier sollen nur Titel erwähnt werden, die man immer einmal wieder im Repertoire der deutschen oder ausländischen Rundfunkstationen findet: *Flucht vor der Freiheit* (1931), *Amtmann Enders* (1949), *Was sollen wir denn tun?* (1950; ein Hörspiel über Tolstoi, das auch im Fernsehen lief), *Die verschlossene Tür* (1951), *Ich bin nicht mehr dabei* (1952), *Das Schiff Esperanza* (1953), *Ich höre Namen* (1954), *Ein Weg von acht Minu-*

ten (1955), *Die Aufgabe von Siena* (1955), *Der Palast der Armen* (1956), *Dichter Nebel* (1961). Daneben steht eine große Zahl von Funkbearbeitungen nach fremden Stoffen. Sie ragen aus den vielen Arbeiten gleicher Art, die für den Funkgebrauch geschrieben werden, insofern weit hervor, als sie ungewöhnliche konstruktive Könnerschaft verraten, geradezu Lehrstücke sind für dramaturgische Werkstätten und Seminare. Die beiden weitaus bedeutendsten Hörspiele Hoerschelmanns, Stücke von fast klassischer Qualität, die wahrscheinlich noch lange als für unsere Zeit und für ihre Gattung repräsentativ gelten werden, sind *Die verschlossene Tür* und *Das Schiff Esperanza*, das, in ein Dutzend Sprachen übersetzt, im Ausland wie bei uns wohl das erfolgreichste deutsche Hörspiel überhaupt wurde. Hier sollen nur ein paar Hinweise auf die bedeutungsvoll-vielschichtige Struktur des *Schiffs Esperanza* folgen.

Mittelpunktsfigur ist Axel Grove. Der junge Mann heuert zufällig und ahnungslos als Leichtmatrose auf dem armseligen Kasten von Schiff an, auf dem sein lange verschollener Vater trunksüchtig und diktatorisch als Kapitän regiert. Bald entdeckt der Sohn, daß der halb gefürchtete, halb bewunderte Alte (er hat ihn noch im Glanz der ordensgeschmückten Uniform eines Seekriegsoffiziers in Erinnerung) auf seinem Schiff höchst gesetzwidrige und skrupellose Geschäfte betreibt. Axel ahnt nicht, wie weit diese Geschäfte gehen. Er ist kein König Ödipus, der die Krankheit der Umwelt erforschen und heilen will; er hätte übrigens auch nie die Kraft gehabt, den Vater umzubringen, dessen Schuld (nicht die Schuldbeflecktheit des Sohns wie im *Ödipus*) der Herd der Krankheit ist. Axel ist eher ein Parsival. Mit seinen dreiundzwanzig Jahren hat er so gut wie nichts gelernt, und wenn er auf unklare und fragwürdige Zustände stößt, fragt er nicht viel, sondern versucht, obwohl er kaum die Hälfte von den verbrecherischen Möglichkeiten dieser Welt ahnt, sich schnell davonzumachen und von Bord zu gehen; vor der Realität des Bösen, vor der sein Vater kapituliert hat, verschließt er einfach die Augen. Doch ist man jetzt schon auf Fahrt, und der Vater deutet ihm an, welche Schwierigkeiten einer Abmusterung im nächsten Hafen entgegenstehen. So denkt sich denn der Sohn auf Grund seiner naiven Halbkenntnis der Vorgänge einen Fluchtweg aus: er entschließt sich, zusammen mit einem Mädchen und den illegalen Passagieren, die er in dem geheimgehaltenen Raum unter Deck gefunden hat, an Land zu gehen. Doch führt er (hierin nun einmal wirklich dem Ödipus ähnlich) gerade, indem er klüglich rettende Maßnahmen zu treffen glaubt, die eigene Katastrophe herbei. Zunächst hindert er, weil er in seiner Redlichkeit diese Passagiere über den Schiffsnamen aufklärt, ahnungslos den schon wankelmütigen Vater daran, die Todgeweihten doch noch dem Leben zu erhalten, und dann gesellt er sich zu ihnen. So werden also alle, die sich durch listige oder illegale Manipulationen retten wollten, zwar in der dunklen Nacht ihrer Hoffnungen wirklich ausgebootet, jedoch nicht an den rettenden Strand, sondern auf eine einsame Sandbank, die bald darauf vom Meer überflutet wird. Als Kontrapunkt zu dem grauenhaften Mord wird zweierlei gezeigt: Einmal, daß Umkehr und Katharsis, die Kapitän Grove aus Scham und Schreck beim Auftauchen seines Axel-Parsival ernsthaft anzustreben scheint, ebenso jämmerlich mißlingen wie die sorgsame Bemühung, den Sohn von dem mörderischen Geschehen unbefleckt fernzuhalten; das Pochen des Hammers, bei dem sich das pochende Herz des Alten beruhigen will und das zum Leitmotiv des gräßlichen Geschehens wird, erweist sich als Signal jener falschen Sicherheit, in die sich ein korruptes Gewissen stets allzu bereitwillig einlullt. Dagegen ist unter den Gesetzesübertretern, die unten im dunklen Schiffsbauch illegal, aber sicher zu reisen glaubten, obwohl sie in Wirklichkeit dem sicheren Tode entgegengefahren sind, ein einzelner zum Leben erwählt; er hat das letzte Wort im Stück. Doch ebensowenig wie Axel wußte, in welch bitteres Schicksal er geradewegs hineinlief, weiß der Erwählte bei seinem strahlenden Schluß-Arioso, welchem Schicksal er soeben entging. Nur die Hörer des Stücks, nur wir wissen, wovon er wie durch ein Wunder gerettet wurde, aber auch wir kennen weder das Warum noch das Wozu.

Der – natürlich äußerst kontroverse – Vergleich mit Ödipus ist zum Verständnis des *Schiffs Esperanza* deshalb erhellend, weil es vom *König Ödipus* und seiner sühnenden Opfertat den Weg zum *Ödipus auf Kolonos* gibt: der sich Opfernde wird danach zu einer Art Heilsgestalt. Axels Opfergang aber ist ungewollt und scheint völlig unnütz; und der Gott, der unberechenbar irgendwelche obskuren Lieblinge aus dem Dunkel der Hoffnungslosigkeit rettet, während er die um Redlichkeit und Rettung Bemühten ins Nichts stößt, ist ein sehr finsterer Gott. In unserer chaotischen und katastrophenreichen Zeit begegnen wir ihm freilich sehr häufig.

Heinz Schwitzke

Fred von Hoerschelmann ist am 2. Juni 1976 in Tübingen gestorben.

BIBLIOGRAPHISCHER NACHWEIS

Die Stadt Tondi. Paul List Verlag, München 1950.

Die Flucht vor der Freiheit. In: Rundfunk und Fernsehen, Heft 1/1960.

Die verschlossene Tür. Verlag des Hans-Bredow-Instituts an der Universität Hamburg 1958; in: Hörspielbuch 1952 des Süddeutschen Rundfunks, Europäische Verlagsanstalt Frankfurt am Main; in: Kreidestriche ins Ungewisse, Moderner Buchclub, Darmstadt 1960; u. a.

Ich höre Namen. In: Hörspielbuch 1954 des Süddeutschen Rundfunks, Europäische Verlagsanstalt Frankfurt am Main; u. a.

Dichter Nebel. In: Hörspielbuch 1961 des Süddeutschen Rundfunks, Europäische Verlagsanstalt Frankfurt am Main.

Über Fred von Hoerschelmann und sein Hörspielwerk:

Heinz Schwitzke, *Das Hörspiel, Geschichte und Dramaturgie.* Kiepenheuer und Witsch, Köln 1963.

Hörspiele

IN RECLAMS UNIVERSAL-BIBLIOTHEK

Leopold Ahlsen, *Philemon und Baukis.* 8591
Ingeborg Bachmann, *Der gute Gott von Manhattan.* 7906
Jürgen Becker, *Häuser.* 9331
Samuel Beckett, *Embers / Aschenglut.* Englisch und deutsch. 7904
Manfred Bieler, *Der Hausaufsatz.* 9713 – *Vater und Lehrer.* 8361
Heinrich Böll, *Bilanz. Klopfzeichen.* 8846
Michel Butor, *Fluglinien.* 9314
Alfred Döblin, *Die Geschichte vom Franz Biberkopf.* 9810
Günter Eich, *Festianus, Märtyrer.* 8733
Dieter Forte, *Die Wand. Porträt eines Nachmittags.* 9453
Max Frisch, *Rip van Winkle.* 8306
Wolfgang Hildesheimer, *Begegnung im Balkanexpreß. An den Ufern der Plotinitza.* 8529
Peter Hirche, *Die Heimkehr. Die seltsamste Liebesgeschichte der Welt.* 8782
Fred von Hoerschelmann, *Das Schiff Esperanza.* 8762
Ernst Johannsen, *Brigadevermittlung.* 8778
Marie Luise Kaschnitz, *Caterina Cornaro. Die Reise des Herrn Admet.* 8731
Werner Klose, *Reifeprüfung.* 8442
Otto-Heinrich Kühner, *Pastorale 67.* 8541
Siegfried Lenz, *Das schönste Fest der Welt. Haussuchung.* 8585
Georges Perec, *Die Maschine.* 9352
Christa Reinig, *Das Aquarium.* 8305
Hans Rothe, *Verwehte Spuren. Die Vitrine.* 8324
Jan Rys, *Grenzgänger.* 8337
Ernst Schnabel, *Ein Tag wie morgen. 29. Januar 1947 – 1. Februar 1950.* 8383 [2]
Luigi Squarzina, *Der Unfall.* 9383
Dylan Thomas, *Unter dem Milchwald.* 7930 [2]
Peter Weiss, *Der Turm.* 9671
Dieter Wellershoff, *Die Bittgänger. Die Schatten.* 8572
Wolfgang Weyrauch, *Das grüne Zelt. Die japanischen Fischer.* 8256
Erwin Wickert, *Der Klassenaufsatz. Alkestis.* 8443
Paul Wühr, *Preislied.* 9749

Philipp Reclam jun. Stuttgart